Deutsch-Kurzhaar Bill

Familiengeschichten

Dass mir mein Hund das Liebste sei,
sagst du oh Mensch sei Sünde,
mein Hund ist mir im Sturme treu,
der Mensch nicht mal im Winde.

Franz von Assisi

Dieter Gillessen

Deutsch-Kurzhaar Bill

Familiengeschichten

Die Deutsche Bibliothek – CIP Einheitsaufnahme

Gillessen, Dieter:
Deutsch-Kurzhaar Bill: Familiengeschichten
BoD, 2004 – 1. Auflage, ISBN 3-8334-1761-7

Impressum:

© 2004 Dieter Gillessen, Übach-Palenberg
Herstellung und Verlag: Books on Demand GmbH, Norderstedt
Umschlaggestaltung: BSM – Brainstorm Marketing, Übach-Palenberg, www.bsm.de
Satz und Layout: BSM – Brainstorm Marketing
Internet: www.deutsch-kurzhaar-bill.de - www.dk-bill.de

ISBN 3-8334-1761-7

Karin & Anton Wickenbrock

Vorwort

Die Idee zu diesem Buch entstand vor nunmehr drei Jahren. Seinerzeit, im Sommer 2000, fasste ich den Entschluss zum Erwerb eines Hundes. Über die Rasse brauchte ich mir keine großen Gedanken zu machen, denn ich schwärmte schon immer für "Deutsch-Kurzhaar". Folglich kam für mich keine andere Jagdhunderasse in Betracht.

Aus den vielen Jahren meiner jagdlichen Praxis wusste ich zwar schon einiges über Deutsch-Kurzhaar, jedoch gab es noch immer viele offene Fragen, die ich gerne beantwortet gehabt hätte. Im hiesigen Landstrich überwiegen bei den geführten Jagdhunderassen der Deutsch-Drahthaar und der Münsterländer. Deutsch-Kurzhaar ist hier fast als Exot anzusehen. Praxishilfe von befreundeten Jägern war daher nicht zu erwarten.

So ging ich in die nächste Buchhandlung. Hier glaubte ich, Lektüre in großer Auswahl zu finden. Doch die Ernüchterung folgte schnell. Das einzigste Literaturwerk war "Deutsch-Kurzhaar" von Claus Kiefer, erschienen im Paul Parey Verlag. Natürlich kaufte ich mir dieses Buch und „verschlang" es in kürzester Zeit. Es gehört sicherlich zum unverzichtbaren Wissenswerk über die Jagdhunderasse Deutsch-Kurzhaar. Hier findet der Leser zahlreiche fachliche Informationen rund um diese Rasse.

Etliche Fragen blieben jedoch für mich unbeantwortet. Beispielsweise ob Zwinger- oder Haushaltung, das Alltagsleben sowie die ersten Schritte mit dem Hund, Grundinformationen zum Kauf eines Welpen, Auswahl von Züchtern usw.

Hier hätte ich mir ein Buch gewünscht, dass mehr auf Fragen des täglichen Lebens mit einem Deutsch-Kurzhaar eingehen würde.

Diese Lücke möchte ich nun schließen. Ich betone ausdrücklich, dass das vorliegende Buch keinen Anspruch erhebt, ein Fachwerk für Deutsch-Kurzhaar zu sein - vielmehr soll es in Form von Erlebnisberichten dazu beitragen, den Umgang bzw. den Erwerb der Rasse Deutsch-Kurzhaar zu erleichtern. Weiterhin liegt mir sehr viel daran, den interessierten Leser für die Thematik "Mensch-Tier" Beziehung zu sensibilisieren.

Mein besonderer Dank gilt Herrn Gerd Schäfer, ohne den ich Bill nie bekommen hätte, Herrn Franz Wethmar, von dem ich sehr viel über Hunde- und Hundeerziehung lernen durfte, Herrn Prof. Dr. Erhard Olbrich für die zahlreichen Gespräche rund um die „Hundeseele", Herrn Josef Thelen für das Lektorat sowie Herrn Claus Kiefer, der mich bei der Herausgabe dieses Buches unterstützt hat.

Ich widme dieses Buch meinem „Jagdvater" Anton Wickenbrock sowie seiner lieben Gattin Karin, die nach schwerer Krankheit viel zu früh von uns gehen musste. Beide haben mir mit viel Liebe sowie großer jagdlicher Passion die Schönheit und die Vielfalt des Waidwerks vermittelt.

Übach-Palenberg, im Sommer 2004
Dieter Gillessen

Inhaltsverzeichnis

Bill von der Ottensteiner Burg

Wie alles begann

Schon lange „brütete" ich etwas aus. Nein, keine Sorge! Eine Krankheit war es nicht, oder doch? Bei genauerer Betrachtung kann man schon zu diesen Überlegungen kommen. Aber wenn eine Krankheit, dann zumindest eine nette, sehr sympathische Form.

Ich hatte die Absicht, mir einen Jagdhund anzuschaffen. Die Frage nach der Rasse stellte sich für mich nicht, da mein ganzes Herz dem Deutsch-Kurzhaar gehörte. Schon von jeher war ich von der adeligen, eleganten und formvollendeten Ausstrahlung dieser Hunde begeistert.

Jetzt, nachdem ich meinen DK-Rüden Bill schon über drei Jahre mein Eigen nennen darf, bin ich mehr als je von dieser Rasse überzeugt. Sie verfügt nicht nur über eine äußerliche Schönheit sondern weist auch die vielzitierten „inneren Werte" in Form von Wesenfestigkeit und gutem Charakter auf. Auf die jagdlichen Fähigkeiten möchte ich an dieser Stelle gar nicht näher eingehen, da sie bekanntermaßen hervorragend sind.

Schon immer habe ich mich für Hunde interessiert, für Tiere im Allgemeinen. Da war natürlich der kindheitsobligatorische Kanarienvogel, es gab Goldfische und eines Tages kam mein Vater abends von der Arbeit zurück, im Arm einen Zwergpudel. Wie kam es dazu? Nun, den Wunsch nach einem Hund hatte ich latent geäußert, doch hatte dies nicht den Ausschlag gegeben. Es war vielmehr ganz, ganz anders. Einerseits ist es eine traurige Geschichte aber zumindest auf jeden Fall mit einem Happy-End für den Hund.

Mein Vater war an diesem besagten Tag zu einem Kunden ins Ruhrgebiet gefahren. In der Mittagspause hatte er die Zeit genutzt um einen kleinen Spaziergang im Park zu unternehmen. Auf einer Parkbank saß ein altes Ehepaar, welches bitterlich weinte. Vater ging zu Ihnen und fragte, ob er in irgendeiner Form behilflich sein könne. So erzählten die alten Herrschaften ihr Lebensdrama, das daraus bestand, dass ihre Kinder sie wohl ins Altenheim „abschieben" wollten. Das wäre ja schon Anlass genug zu verzweifeln, doch was den Beiden noch mehr weh tat, war die Tatsache, dass sie ihr geliebtes Hündchen nicht behalten durften!

Sie ahnen vielleicht, was nun passierte! Mein Vater bot an, den Hund an sich zu nehmen und gut für ihn zu sorgen. Es sollte dem Hund an nichts fehlen und zwei Kinder wären im Haus, die sich sicherlich intensiv mit ihm beschäftigen würden. Zwischenzeitlich hatte er alles mit meiner Mutter abgeklärt und so kam es, dass er alleine das Haus verlassen hatte und mit Bonnie, einem dreijährigen Zwergpudel zurückkam.

Alle haben sich riesig gefreut. Im Nu war Bonnie der Star in der Familie. Ich hatte zwar zugegebenermaßen des öfteren meine Probleme mit ihm und konnte zahlreiche Bisswunden aufweisen. Trotz der unerfreulichen Ergebnisse meines „Zankens" hatte ich ihn ins Herz geschlossen. Er hatte es sehr gut bei uns angetroffen. Aber irgendwann endet halt das Leben und im stolzen Alter von 19 Jahren verließ uns Bonnie.

Danach kam eine lange Zeit ohne eigenen Hund, jedoch niemals gänzlich ohne Hunde. Ob im Bekannten- oder Freundeskreis oder auf der Jagd. Dann vor einigen Jahren wurde der Wunsch nach einem eigenen Jagdhund immer größer und es brodelte förmlich in mir. Wie bereits erwähnt, stand für mich die Rasse fest und so beschloss ich, nähere Informationen einzuholen.

Aus den vielen Jahren meiner jagdlichen Praxis wusste ich zwar schon einiges über Deutsch-Kurzhaar, jedoch gab es noch immer viele offene Fragen, die ich gerne beantwortet gehabt hätte. Wann gibt es Welpen? Welche Züchter gibt es? Wie ist die Qualität der einzelnen Zwinger? Wie sieht das Alltagsleben mit einem DK aus? Was ist besser? – Haus- oder Zwingerhaltung? usw. Fragen gab es in Hülle und Fülle. Antworten oftmals nur wenige bzw. nicht in ausreichender Form.

Im hiesigen Landstrich überwiegen bei den geführten Jagdhunderassen der Deutsch-Drahthaar und der Münsterländer. Deutsch-Kurzhaar ist hier fast als Exot anzusehen. Praxishilfe von befreundeten Jägern war daher nicht zu erwarten. So ging ich in die nächste Buchhandlung und fand dort "Deutsch-Kurzhaar" von Claus Kiefer, erschienen im Paul Parey Verlag. Natürlich kaufte ich mir dieses Buch und „verschlang" es in kürzester Zeit. Es gehört sicherlich zum unverzichtbaren Wissenswerk über die Jagdhunderasse Deutsch-Kurzhaar.

Danach informierte ich mich auf der Internetseite des Deutsch-Kurzhaar-Verbandes unter www.deutsch-kurzhaar.de. Hier findet man nicht nur allgemeine Informationen zur Rasse sondern auch eine Liste der angeschlossenen Kurzhaar-Klubs. Unter Westfalen war der Name von Herrn Gerd Schäfer aus Haltern verzeichnet. Auf meinen früheren Recherchen war ich bereits mehrmals auf Herrn Schäfer als Züchter aufmerksam gemacht worden. So griff ich kurzerhand zum Telefon und rief ihn an. Wir hatten ein sehr angenehmes sowie informatives Gespräch und vereinbarten einen persönlichen Besuchstermin.

Eine Woche später war ich bei Herrn Schäfer zu Hause und konnte die westfälische Gastfreundschaft genießen. Herr Schäfer nahm sich sehr viel Zeit für mich und beantworte mir alle Fragen, die sich so bei mir angesammelten hatten. Ich schilderte meine Vorstellungen bzgl. des Welpen, des Haarkleides und des Geschlechts. Der Zwinger von Herrn Schäfer kam zu diesem Zeitpunkt nicht in Frage, aber er versprach mir sich der Angelegenheit anzunehmen und mir Bescheid zu geben, wenn ein entsprechender Welpe zur Verfügung stehen würde.

Einige Zeit später kam dann der ersehnte Anruf. Herr Schäfer teilte mir mit, dass der Züchter, Herr Boyer, einen Wurf Welpen hätte, unter denen auch mein „Wunschhund" dabei sein könnte. Die Abstammung sei laut Ahnentafel ganz hervorragend und er selber würde die Hundeeltern kennen, zumal der Vater „Ayko KS von der Ottensteiner Burg" der Sohn seines Rüden „Graf KS vom Niemen" wäre. Herr Schäfer empfahl mir ausdrücklich diese Blutlinie. So machte ich mich auf den Weg, Herrn Boyer zu kontaktieren.

Gesagt – getan. Auch mit Herrn Boyer führte ich ein sehr nettes Telefonat. Ich bat mir noch eine kurze Bedenkzeit für eine eventuelle Zusage aus. Die Gedanken schossen nur so durch meinen Kopf. „Jetzt könnte es bald soweit sein! – Mein erster eigener Jagdhund – und dann sogar einen Deutsch-Kurzhaar!", dachte ich bei mir. Ich versuchte alles abzuwägen, denn es war ja mehr als eine normale Anschaffung. Einen Hund zu kaufen, bedeutet in erster Linie sehr viel Verantwortung zu übernehmen, Unterhaltungskosten, einen großen Zeitaufwand und vieles mehr. „Soll ich oder soll ich nicht?", fragte ich mich in den nächsten Tagen andauernd. Ich bemühte mich, Herz und Verstand in Einklang zu bringen, was mir aber schier unmöglich schien.

Brigitte war mir in dieser Zeit eine große Hilfe. Die Kinder wollten sowieso einen kleinen, süßen Welpen. Das war mir klar, aber wie sah sie es, denn es bedeutete ja einen Einschnitt in unser Familienleben. So überlegten wir gemeinsam, wie wir uns entscheiden sollten. Zu einer endgültigen Vernunftentscheidung konnten wir uns jedoch nicht durchringen. Da sagte Brigitte plötzlich: „Frag' Dein Herz, Dieter und entscheide dich dann!" – Da wurde mir bewusst, dass es genau das war, was ich eigentlich hören wollte! Ich nahm meine große Liebe in den Arm, gab ihr einen dicken Kuss, griff zum Telefon und verabredete mit Herrn Boyer einen Besuchstermin!

Ein neues Familienmitglied

Nun war es soweit. 03. Juni 2001 - der langersehnte Tag war da. Aber warum konnte er nicht wenigstens freundlich anfangen? Der Wettergott schien es nicht gut mit uns zu meinen, denn es schüttete nur so vom Himmel. Warum konnte an so einem Tag nicht die Sonne scheinen? Brigitte und mir konnte dies trotzdem nicht die gute Laune verderben beziehungsweise die Vorfreude nehmen. Beim Frühstück gab es natürlich nur ein Thema: Unseren Familienzuwachs. Obwohl, eigentlich war es ja überhaupt noch nicht klar, ob es dazu kommen würde. Wir wollten uns ja lediglich nur die Deutsch-Kurzhaar Welpen anschauen. Falls uns dann einer gefallen würde...!

Wir hatten uns entschlossen, ohne die Kinder Judith und Sebastian zu fahren. Natürlich gab es daraufhin "lange Gesichter". Und diese Entscheidung war richtig - aber später mehr dazu!

Alles war geklärt, der Termin mit dem Züchter stand fest, das Auto war aufgetankt, die Kinder versorgt. Wir hatten an alles gedacht - sogar an eine weiche Decke und Hundeleine, obwohl, wie gesagt, wir wollten ja nur mal schauen... Mit anderen Worten: Wir waren startklar!

Mittlerweile war es 10:00 Uhr und es goss immer noch in Strömen. Nun ja, wir hatten eine ungefähr zweistündige Autofahrt vor uns und waren in der Hoffnung, dass im Münsterland besseres Wetter sein würde. Also dann, die Fahrt ging los.

Neben den üblichen Staus auf den bundesdeutschen Autobahnen verlief die Anfahrt reibungslos. Der Gesprächsstoff ging uns auch nicht aus, da wir versuchten uns vorzustellen, was uns erwarten würde. Aus den Telefonaten mit dem Züchter, Herrn Boyer, wusste ich, dass etliche Welpen vorhanden waren, der Farbschlag war wie gewünscht, und der Stammbaum der Hunde war vorzüglich. Einige Ahnen waren auch im Buch "Deutsch-Kurzhaar" von Herrn Kiefer abgebildet. Auch meine anderweitigen Erkundigungen waren allesamt positiv und so freute ich mich auf das, was kommen würde. Gegen 12:30 Uhr waren wir in unmittelbarer Nähe des Züchters und wirklich, hier brach die Sonne durch die Wolkenschicht und es war trocken. Vereinzelt konnte man noch einige Wasserpfützen sehen, anscheinend hatte es in den frühen Morgenstunden gewittert.

Bis zu unserer Verabredung um 14:00 Uhr hatten wir noch etwas Zeit. So beschlossen wir, noch zu Mittag zu essen, zumal die Spargelsaison auf Hochtouren lief und die Gastwirte mit den herrlichsten Spargelgerichten aufwarteten.

Ich muss gestehen, je näher es auf 14:00 Uhr zuging desto nervöser wurden wir. Schnell noch bezahlen, ab ins Auto und noch 5 km bis zum Züchter. Pünktlich um 14:00 Uhr klingelten wir an der Haustür. Herr Boyer, der Züchter, öffnete die Tür und hieß uns herzlich Willkommen. Natürlich kam die Rede sofort auf die Welpen, doch zuvor kamen da zwei bildschöne Deutsch-Kurzhaar Hunde durch die Tür - die Eltern. Zum einen der Vater: Ayko KS von der Ottensteiner Burg und die

Mutter: Xamba vom Hege-Haus. Na dachte ich bei mir, wenn die Welpen nur annähernd so schön sind, dann ...

Durch die Terrassentür gelangten wir in den Hofgarten. Schon auf den ersten Blick sah ich den großen eingezäunten Freilauf, mit Sandhügeln, verschiedenen Gräsern und sonstigen Gewächsen. Auf einmal ein Geschäpper und Gewinsel - da kam die Horde Welpen um die Ecke geschossen. Selten habe ich soviel "Leben" auf einen Fleck gesehen. Es ging drunter und drüber. Ich öffnete die kleine Tür zum Freilauf und ging schnell hinein. Dies war aber ein Fehler, denn im nächsten Moment hatte sich die ganze Welpenschar auf mich gestürzt und wollte spielen. Brigitte war draußen geblieben und amüsierte sich über meine Versuche, wenigstens das Hemd zu retten - Keine Chance, die Welpen waren so übermütig, wie eine Pampas-Fußball-Mannschaft in ihrem ersten Spiel. Alle auf ein Tor, alle auf den Ball. Nur mit dem Unterschied, dass ich jetzt der Ball war. Die Welpen kamen von allen Seiten. Verwunderlich war für mich nur, dass gerade die Hündinnen am lebhaftesten waren, die Rüden waren eher still.

Halb verwüstet, ein klarer Fall für den Waschsalon, verließ ich den Freilauf und brauchte so auch nicht für den Spot zu sorgen. Brigitte und ich waren uns einig: Die Welpen waren goldig und alle schienen in ausgezeichneter Verfassung zu sein. Im Vorfeld hatte ich ja viele Gespräche geführt und versucht, so gut es ging zu recherchieren. Jetzt schossen viele wichtige Fragen durch meinen Kopf: Wie suche ich einen Welpen aus? Worauf soll man unbedingt achten? Wie werden die Welpen gehalten? In welcher Verfassung sind die Elterntiere? Sind die notwendigen Papiere vorhanden? usw.

Ungemein beeindruckt von dem herrlichen Anblick der Welpen, versuchte ich trotzdem, die Sache logisch anzugehen, obwohl ich letztendlich mit dem Herzen entschied!

Mir war folgendes klar: 1. Ich wollte einen Rüden, somit schieden schon einige Welpen aus. 2. Es sollte ein rein brauner Farbschlag sein. Somit reduzierte sich die Auswahl wieder.

Dann sah ich ihn, ihn den ich unbedingt haben wollte. Zwei, drei Meter abseits von der Hauptgruppe, saß er ganz stolz auf einem kleinen Sandhügel und beobachtete aufmerksam das Treiben seiner Geschwister. Ich ging nochmals in den Freilauf, ging langsam auf ihn zu, ging in die Hocke und winkte ihm zu. Sofort warf er sein kleines Köpfchen aufmerksam in meine Richtung und trottete schwanzwedelnd auf mich zu. Bei mir angekommen, ließ er sich auf den Boden fallen und fing an meine Schuh-Schnürsenkel als Spielzeug zu entdecken. Ich streichelte ihn, spielte mit ihm und er erwiderte meine Zuneigung mit dem Lecken meiner Hand.

Das ist er und kein Anderer! – Die Entscheidung war gefallen!

Verschwunden waren all die guten Vorsätze, die ich einhalten wollte - streng nach einem logischen Schema vorzugehen, um die richtige Wahl zu treffen - besonders vor dem Hintergrund, als Erstlingsführer eines DK alles richtig machen zu wollen.

Heute kann ich sagen, dass die Entscheidung gerade für diesen Welpen richtig gewesen ist. Er hat mir und der ganzen Familie unglaublich viele schöne Stunden geschenkt und ich bin froh, dass damals mein Herz über den Verstand gesiegt hatte.

Ganz im Banne des Welpen zu meinen Füßen blickte ich zu Brigitte. Sie lächelte in ihrer unnachahmlichen, sanften, süßen Weise und nickte mir zu. Der Welpe hatte eine neue "Mutter"!

Ich streichelte den kleinen Kerl noch einmal und verließ den Freilauf. Herr Boyer beglückwünschte mich zur Wahl. Wir gingen zurück ins Haus, um alles weitere zu besprechen. Nun hielt ich die Ahnentafel in Händen, ein wirklich erstklassiger Stammbaum und erfuhr den Namen des Welpen.

Bill, Bill von der Ottensteiner Burg, so hieß er, mein Deutsch-Kurzhaar, das neue Familienmitglied.

Und was ich sah, passte einfach! Wer weiß, vielleicht ist es ja ein wenig naiv oder abergläubisch? 1. Ich wollte einen Rüden - ich habe einen gefunden, 2. Ich wollte einen rein braunen Rüden - ich habe ihn bekommen, 3. Mein Hund aus der Kindheit hieß Bonnie, fängt also auch mit B, wie Bill an. 4. Bill ist vom Sternzeichen Fische - genau wie ich, 5. Bill erblickte am 26.02. das Licht der Welt - mein Lieblingsopa hatte am 26.02. Geburtstag und 6. Der Züchter wohnte in der Textilstraße - und ich bin

18

von Beruf Kaufmann im Bereich Textil. Also, wenn das nicht stimmig ist, was dann?

Ich verglich Bills Tätowierung mit dem Eintrag in der Ahnentafel, Herr Boyer informierte mich darüber, dass alle bisher notwendigen medizinischen Indikationen durchgeführt wurden und zeigte mir entsprechende Belege. Das Finanzielle war schnell erledigt. Bill hatte einen neuen "Vater"!

Schnell ging es noch einmal in den Freilauf zu Bill. Zwischenzeitlich hatte Frau Boyer den Kaffeetisch gedeckt. So saßen wir noch eine ganze Zeit lang gemütlich zusammen. Herr Boyer gab mir noch einige Tipps zur Aufzucht und schilderte von seinen Kurzhaar-Erfahrungen. Dann war es Zeit, den Rückweg anzutreten.

Herr Boyer gab uns noch einen Sack des Welpenfutters mit, das Bill bisher gefressen hatte. Brigitte hatte sich ans Steuer gesetzt. Ich nahm den kleinen Kerl in den Arm und legte ihn auf die Decke auf meinem Schoß. Bill fühlte sich wohl etwas unwohl - das erste Mal getrennt, von seinen Eltern und den Geschwistern, ganz allein in der großen weiten Welt, ohne etwas Bekanntes im Gesichtsfeld. So junkte er denn herzerweichend, doch nach einigen Minuten hörte er auf und schlief ein.

Süß sah er aus, wie er da lag. Das Fell irgendwie fünf Nummer zu groß, ebenso seine Pfoten und Ohren. Die Haut warf große Falten auf seiner Stirn - Kurzum, er sah "zum Klauen" aus! Die Heimfahrt gestaltete sich problemlos. Die Autobahnen waren frei. Nach etwa einer Stunde machten wir die erste Pause. Jetzt machte Bill, die erste Erfahrung mit einem Halsband. Für ihn war es aber mehr ein Spielzeug. So angeleint tapste er zum nächsten Grün und verrichtete seine Notdurft. Schnell waren ein paar Kinder da, die Bill bewunderten, ihn streichelten, mit ihm spielten. Sie konnten sich kaum von ihm trennen und so flossen tatsächlich ein paar Tränen als wir mit Bill wieder ins Auto stiegen.

Jetzt wussten Brigitte und ich endgültig, dass es gut war, die Kinder nicht mitgenommen zu haben. Zum einen der Trubel bei den Welpen im Freilauf und die ganze Aufregung drum herum.

Die Fahrt ging weiter und gegen 17:00 Uhr erreichten wir die heimatlichen Gefilde. Brigitte fuhr sofort weiter, um die Kinder abzuholen, die bei Freunden schon gespannt warteten. Dank modernster Technik waren wir ja in ständiger Verbindung und hatten sicherlich schon zehnmal mit Ihnen telefoniert und über den neusten Stand der Geschehnisse berichtet.

Ich ging mit Bill ins Haus. Sofort erkundete er sein neues Zuhause. Er meinte wohl der Überzeugung zu sein, sein Reich auf seine Art in Beschlag zu nehmen und setzte einen „Riesenhaufen" ins Wohnzimmer.

Na ja, dachte ich bei mir, heute hast Du noch Narrenfreiheit und beeilte mich die Spuren vor Brigittes Eintreffen zu beseitigen. Dann ging es ab in den Garten zum Spielen. In diesem Moment stürmten die Kinder heran und begrüßten Bill auf das Herzlichste. Besonders Judith hatte sich sofort in den kleinen Kerl verliebt und lief, wie aufgedreht, mit Bill auf dem Arm durch die Gegend. Zwischenzeitlich war Bill wieder eingeschlafen, diesmal abwechselnd im Schoß von Judith und mir.

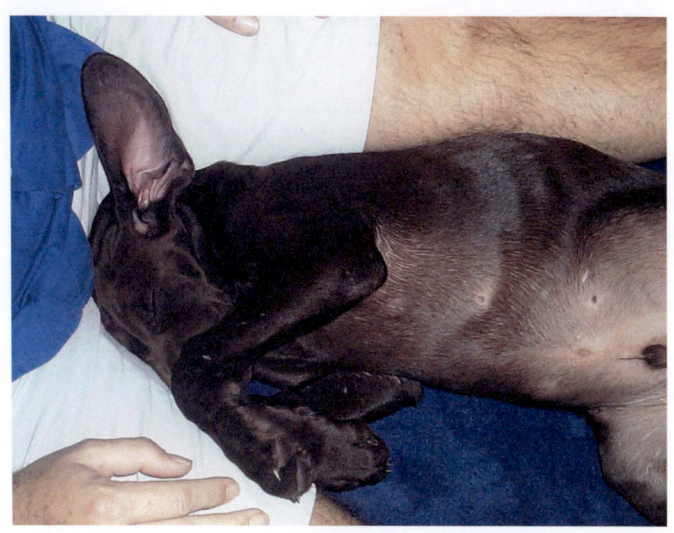

Wir hatten es Bill gemütlich gemacht. Decken, Spielzeug, jede Menge Tücher zum Beißen und „Knuddeln". So vergingen die ersten Stunden mit unserem neuen Familienmitglied wie im Fluge. Auch mit dem Fressen klappte es, Bill nahm seine neue Futterstelle an, fraß und trank, fast wie ein Großer.

Mittlerweile war es beinahe Mitternacht und Brigitte hatte alle Mühe dem Treiben ein Ende zu setzen und die Kinder ins Bett zu bringen. Natürlich sollte Bill mitgehen, er wäre ja so süß, dann könne man ja viel besser schlafen und überhaupt. Eine halbe Stunde später siegte die Müdigkeit. Es kehrte Ruhe ein! Gott sei Dank! Brigitte und ich nahmen unser neues "Kind", das wieder schlief, in unsere Mitte, das Sektglas in die Hand und genossen diesen glücklichen Moment.

Herzlich Willkommen Bill!

Die erste Nacht

Geschafft: Endlich hatten wir unser neues Familienmitglied. Geschafft: Bill, sichtlich müde von all den Aufregungen, lag auf seiner „Kuscheldecke" und schlief. Geschafft: Dies galt auch für Brigitte und mich. Die Kinder waren im Bett und es wurde still im Haus. Zeit, die Seele baumeln zu lassen und den Tag Revue passieren zu lassen. So unterhielten wir uns noch eine ganze Weile über die Geschehnisse der vergangenen Stunden. Ich hatte zwischenzeitlich unsere Lieblings-CD von Frank Galan aufgelegt, der Schein der Kerzen spiegelte sich in unseren Sektgläsern und wir lauschten erschöpft aber überglücklich den Gitarrenklängen.

Bill war wieder wach geworden. Er saß mit großen fragenden Augen vor mir. Abwechselnd kuschelte er dann auf Brigittes und meinem Schoß. Gerne erinnere ich mich noch heute an die Zeiten, als man ihn auf den Schoß nehmen und stundenlang schmusen konnte. Jetzt geht dies nicht mehr, einerseits ob seiner Größe und zweitens mag er dies auch nicht mehr. Nun, Bill ist halt erwachsen geworden.

Mittlerweile war es zwei Uhr Nachts und auch für uns höchste Zeit zu Bett zu gehen. Zuvor jedoch ging ich mit Bill nochmals nach draußen. Brav verrichtete er sein Geschäft und nach 10 Minuten waren wir wieder im Haus.

In weiser Voraussicht auf den zu erwartenden „Nachwuchs" hatte ich einen Hundekorb mit Kissen besorgt. Dieser Korb stand in der Diele vor dem Kamin und sollte Bills neuer Schlafplatz sein. Ich nahm sämtliche „Spielsachen", mit denen sich Bill den Abend vergnügt hatte, legte sie in den Korb und Bill dazu. Natürlich durfte die Schmusedecke nicht fehlen, in die er sich dann auch prompt einrollte.

Ich möchte bemerken, dass ich mich für eine „Haushaltung" und gegen eine „Zwingerhaltung" entschieden hatte. Die Gründe hierzu, möchte ich aber gerne in einem späteren Kapitel ausführlich darstellen.

Wir zogen uns ins Schlafzimmer zurück und einige Minuten später erlosch das Licht. Gute Nacht!

Irrtum! Bill war wohl anderer Meinung. Anscheinend hatte der Kleine Angst, obwohl sich das Schlafzimmer in der Nähe der Diele befindet. Ein klagendes Winseln klang durch die Nacht, zuerst sehr leise, aber in Anlehnung an Ravels berühmten Bolero ständig steigend und lauter werdend. Es war herzerweichend und Brigitte drängte mich, Bill doch zu holen. Ich verneinte dies, denn er müsse lernen, seinen Platz im Hause einzunehmen und der wäre nun mal vor dem Kamin und nicht im Schlafzimmer, womöglich noch im Bett!

Was soll ich lange reden! Es kam, wie es kommen musste! Ich überlegte hin und her. Immer noch war ich von meiner Einstellung bzgl. des Hundeplatzes überzeugt, doch andererseits muss dies ja nicht unbedingt schon am ersten Tag klappen und außerdem hatte Bill bisher immer zusammen mit seinen Geschwistern gelebt. Das Alleinsein war ihm demnach vollkommen fremd – also war es doch eigentlich klar, dass er jetzt Angst haben müsse. Dann noch die neue ungewohnte Umgebung und überhaupt...

Kurz gesagt: Bill kam ins Schlafzimmer! Brigitte war glücklich, Bill war glücklich und ab sofort Mucksmäuschen still. Ich konnte endlich einschlafen, bestärkt durch das Gefühl, mich bei der Hundeerziehung so richtig konsequent durchgesetzt zu haben!

Drinnen oder draußen?

Haus- oder Zwingerhaltung? Ein wahrer Glaubenskrieg! Jeder, der sich für einen Hund ab einer bestimmten Größe entscheidet, wird sich mit dieser Frage beschäftigen müssen. Dies ist nicht rassespezifisch sondern gilt im Allgemeinen. So stand auch ich nunmehr vor dieser Entscheidung! Ich erkundigte mich vielerorts nach den Gepflogenheiten und führte sehr interessante Gespräche. Die Meinungen gingen weit auseinander. Die eine Fraktion war strikt für eine Zwingerhaltung, die Anderen bevorzugten das Haus, die Wohnung. Einen Mittelweg gab es anscheinend nicht.

Vorweg gesagt, ich habe mich für Drinnen, also für die Haushaltung entschieden, bin jedoch sehr wohl der Meinung, dass ein stundenweiser Aufenthalt im Zwinger durchaus seine Vorteile hat. In diesem Kapitel möchte ich schildern, was mich zu meiner Entscheidung bewogen hat. Ich möchte nicht behaupten, dass dies die optimalste oder gar einzig wahre Lösung der Frage ist. Jedoch bin ich bis heute sehr gut damit gefahren und somit von der Richtigkeit meiner Entscheidung überzeugt.

Meine persönliche Entscheidung basiert auf mehreren Gründen. Zum ersten waren da zahlreiche Gespräche mit erfahrenen Hundehaltern, zum zweiten aus naturwissenschaftlichen Erkenntnissen, zum dritten aus persönlichen Erfahrungen und Erlebnissen. Beim letztgenannten Punkt möchte ich beginnen, meine Entscheidungsfindung zu erklären.

Es ist schon lange, sehr lange her und so merkt man, wie alt man inzwischen geworden ist. Es war die Zeit, als ich meine erste Freundin, Anita, die erste Frau in meinem Leben, kennen gelernt habe. Ich war damals schon einige Jahre als Sportschütze aktiv. Angefangen vom Pistolen- bis zum Gewehrpräzisionsschießen. Seit zwei Jahren hatte ich mich dem Tontaubenschießen gewidmet und konnte bereits auf etliche Preise bzw. Erfolge verweisen. Da traf es sich eigentlich gut, dass der Vater meiner Freundin Pächter einer kleinen Jagd in unserem Stadtgebiet war. Bis dahin war ich mit der Jagd eigentlich nie so richtig in Berührung gekommen.

Die Waffenkunde war somit das erste Bindeglied zwischen Anitas Vater und mir. So dauerte es auch nicht lange, bis ich zum ersten Mal zur Jagd mitgehen durfte. Zur Familie gehörten ebenso zwei Hunde, ein Deutsch-Drahthaar sowie ein Rehpinscher, der so glaube ich bis heute, die Re-Inkanation des Bösen war. Bissig, hinterhältig und optisch eine „dicke Wurst" auf vier Beinen. Aber hierzu gleich mehr.

Der Deutsch-Drahthaar fristete meiner Meinung nach ein trostloses Leben. Eigentlich den ganzen Tag über saß er in seinem Zwinger und schaute traurig durch die Gitterstäbe. Die einzigsten Abwechslungen waren Autos, die auf dem Hof parkten und die Menschen, die dort ausstiegen. Ein abendlicher Auslauf und natürlich der Rehpinscher, der eine Heidenfreude daran hatte, vor dem Zwinger zu promenieren, zu kläffen und sein Beinchen an den Gitterstäben hochzuheben. Dies hatte natürlich zur Folge, dass der Drahthaar im Zwinger wütend tobte, wohl wissend, dass er nicht an „seinen Feind" herankam und wahnsinnig vor Wut. So ging es tagein tagaus. Doch eines Tages sollte die Hundewelt den Atem anhalten. Ich bin absolut davon überzeugt, dass es für den Drahthaar der schönste Moment in seinem Leben war. Eigentlich verlief der Tag ja wie jeder andere. Morgens wurde das Futter hineingeschoben, danach urinierte der Pinscher in den Zwinger und dann wurde sich zu Tode gelangweilt. Doch es kam der Abend, der wunderschöne Abend, der herrlichste Abend, den man (Hund) sich vorstellen kann.

Der Rehpinscher war wieder aus der Küche in den Garten gelaufen, schnüffelte umher und kläffte jeden an, der vorbeikam. Sein Weg führte ihn auch am Zwinger vorbei. Natürlich hob er wieder sein Beinchen – doch jetzt kam alles anders, nicht wie an jedem anderen Tag. Der ultimative Augenblick war für den Deutsch-Drahthaar gekommen. Der Pinscher hatte nicht bemerkt, dass Herrchen schon von der Arbeit zurückgekommen war und den Zwinger geöffnet hatte. Ich saß derweil auf der Terrasse und hatte beste Sicht auf das Drama oder soll ich besser sagen, auf das „Lustspiel", das sich anbahnte. Kurz gesagt: Der Drahthaar nutzte seine Chance. Er schoss förmlich, wie ein Blitz aus dem Zwinger und packte sich ohne eine Sekunde des Zögerns den Rehpinscher, schüttelte ihn hin und her und biss den Pinscher tot, sozusagen in der Mitte über. Dabei zitterte er am ganzen Körper voller Erregung. Das war das erste Mal, dass ich sagen konnte: „Ich habe den Hund verstanden!"

Ich erinnere mich aber noch an einen anderen Vorfall mit dem Deutsch-Drahthaar. Anitas Eltern waren in Urlaub gefahren und wir hatten die Aufgabe, den Hund zu füttern. Vorsorglich hatte der Vater einen Schieber im Zwinger eingebaut, der ein gefahrloses Betreten der Hütte ermöglichen sollte, denn der Drahthaar war sehr aggressiv und konnte von keinem Menschen, außer seinem Herren, angefasst werden. Aber irgendwie klappte es nicht so richtig mit dem Schieber und außerdem war ich der Meinung, dass der Hund einen gewissen Auslauf benötigte. Aber wie? Ich kam auf die Idee, mir den Jagdmantel von Anitas Vater überzuziehen und von zu Hause brachte ich meine Tontaubenflinte mit. So gerüstet ging's zum Zwinger. Im ersten Augenblick war das übliche Aggressionsverhalten zu sehen, doch dann erkannte der Drahthaar offensichtlich den Jagdmantel seines Herren und verknüpfte dies mit dem Gedanken: „Jetzt geht es zu Jagd!" Er schnüffelte aufgeregt den ganzen Mantel sowie die Flinte ab, ich öffnete die Zwingertür und er kam rausgestürmt - jedoch total verwandelt. Er ließ sich ohne Murren das Halsband anziehen. So starteten wir zu einem großen ausgedehnten Spaziergang. Von diesem Moment an, gab es zwischen dem Drahthaar und mir keine Probleme mehr.

Wenn ich genau überlege, glaube ich schon damals die Entscheidung getroffen zu haben: „Wenn ich einmal einen Hund habe, dann niemals in einem Zwinger!"

Mir ist dieses aggressive Verhalten noch des Öfteren bei Hunden aufgefallen, die ausschließlich im Zwinger gehalten wurden. Ich will dies nicht pauschalisieren, sicherlich gibt es auch Hunde, die keine Verhaltensstörungen aufweisen, doch war das entgegengesetzte Verhalten bei meinen Recherchen leider allzu oft die Regel und keineswegs die Ausnahme. Für mich ist dieses Ergebnis auch logisch fundiert, denn Hunde sind Rudeltiere und lieben es, sich in Gesellschaft zu befinden. Dieser Faktor kommt bei der Zwingerhaltung definitiv zu kurz. Folge ist, meiner

Meinung nach, eine geistige und seelische Verarmung der Hunde.

Ich möchte aber hier nicht die Nachteile der Zwingerhaltung sondern eher die Vorteile der Haushaltung herausstellen. Ich glaube, dass wichtigste Kriterium ist der Aufbau einer Mensch-Hund Beziehung und die kann nur funktionieren, wenn ein entsprechender Umgang miteinander gepflegt wird. Bill ist beispielsweise komplett in die Familie integriert. Nicht nur, dass er seinen festen Platz, sein „Körbchen" in der Diele hat. Nein, er nimmt auch an dem Familienleben aktiv teil. Ob wir in den Biergarten gehen, ob ins Restaurant oder zum St. Martins-Umzug im Dunkeln, mit Musik, Kindern mit Laternen und jeder Menge „Krach". Solche Übungen eignen sich auch in hervorragender Art und Weise zur Überprüfung bzw. zur Stärkung der Wesensfestigkeit.

Auch der Kontakt mit anderen Vierbeiner seiner Gattung, das Toben und Machtgehabe, von Hündinnen mal abgebissen werden usw. sind von außerordentlicher Wichtigkeit, denn spätestens auf der Jagd trifft der Hund mit anderen Hunden zusammen und sicherlich möchte keiner, eine Ausuferung in eine wilde Beißerei. Ein Knurren, Dominanzgebärden oder kleine Machtspielchen sind ja ganz in Ordnung, jedoch muss die allgemeine Verträglichkeit, das Respektieren untereinander im Vordergrund stehen. Von Mutter Natur bekommt unser Vierbeiner zwar schon einiges mit auf den Weg, der Rest kann jedoch nur anerzogen werden, wenn der Hund auch die Chance erhält, mit seinen Artgenossen möglichst oft in Kontakt zu kommen.

Wie soll ein Hund ein soziales Verhalten lernen, wenn man ihn nicht am sozialen Leben teilnehmen lässt? Dies ist sicherlich der beschwerlichere Weg, das Wegsperren im Zwinger ist einfacher und schneller. Die Einbindung des Hundes in den Alltag bedeutet ein Höchstmaß an Geduld, Einfühlungsvermögen sowie eine große Portion Verantwortungsgefühl. Die Grundlage wird jedoch schon bei der eigentlichen Erziehung des Hundes gelegt. Gerne möchte ich dies an einem einfachen Beispiel schildern. Bei uns gibt es für Bill unter anderem die folgende Regel: Der Hund bekommt nichts vom bzw. am Tisch, während wir dort unser Essen einnehmen. Natürlich hat er dies versucht und nicht nur einmal, zigmal. Stets wurde dieses Ansinnen mit einem „Nein" quittiert. Wenn wir alle mit dem Essen fertig sind, bekommt Bill seinen Anteil, aber in seinem Napf. So haben wir dies von Anfang an gehandhabt und in kürzester Zeit ging es Bill in Fleisch und Blut über. Heute ist dies gar kein Thema mehr, vielmehr sogar lustig anzusehen. Während des Essens liegt Bill in irgendeiner Ecke oder in seinem „Körbchen". Sobald bei uns der letzte Bissen im Mund bzw. Messer und Gabel beiseite gelegt sind, steht Bill auf und fordert quasi sein „Recht" ein. Mir ist es einfach schleierhaft, wie er so genau den exakten Zeitpunkt bestimmen kann – nun ja, er kann es auf jeden Fall.

Nehmen wir beispielsweise Bill mit ins Restaurant, ist dies daher vollkommen unkompliziert. Er wird sofort unter dem Tisch abgelegt und hier bleibt er ruhig und gelassen liegen. Kein Stören, kein Betteln am Tisch, man merkt gar nicht, dass ein Hund da ist. Es ist schon oftmals passiert, dass wir erstaunt darauf angesprochen worden sind. Auch eine Möglichkeit, die Rasse Deutsch-Kurzhaar in der Öffentlichkeit positiv darzustellen! Zwar merkt Bill auch hier, wenn wir mit dem Essen fertigt sind, aber ein knappes „Nein" und schon liegt er wieder brav zu unseren Füßen. Ich finde, so sollte es auch sein!

Ich glaube, dass der unmittelbare Kontakt mit dem Hund die beste „Wohnungsalternative" ist. Die Erfahrungen, die ich mit Bill in den letzten drei Jahren gemacht habe, waren durchaus positiv. Bill hat sich zu einem ausgesprochen umgänglichen Hund entwickelt. Ich bin froh, dass ich ihn „fast überall" mitnehmen kann und vor allem brauche ich keinen Angstschweiß auf der Stirn stehen haben, wenn irgend jemand ihn einmal streicheln will.

In Punkto Pflege kann ich nur sagen, dass die Haltung im Haus mit einem Mehr an Staubsaugen und Wischen verbunden ist. Da die Rasse Deutsch-Kurzhaar jedoch im Allgemeinen vom Haarkleid her sehr pflegeleicht ist, gibt es auch in der Wohnung keine größeren Probleme. Im Auto und in der Nähe der Haustüre habe ich ein großes Handtuch liegen, mit dem ich den gröbsten Schmutz vom „Gassi-Gehen" entferne. Alles andere wird durch die Bürste erledigt und schon ist er wieder „stubensauber"! Abgesehen davon muss auch ein Zwinger sauber gehalten werden und verursacht neben zusätzlichen Kosten auch ein gewisses Maß an Arbeit.

Gegen ein kurzfristigen Aufenthalt im Zwinger habe ich nichts einzuwenden, jedoch sollte man im Interesse des Hundes auf eine Dauerunterbringung verzichten und nicht zuletzt auch besonders im eigenen Interesse, denn man würde unendlich viel verpassen – und wer will das schon!

Futter und Pflege

Heutzutage spielt die richtige Ernährung eine große Rolle. Dies gilt nicht nur für den menschlichen Bereich sondern gewinnt auch in der Fütterung von Tieren einen immer größer werdenden Stellenwert. Ich möchte an dieser Stelle noch einmal betonen, dass dieses Buch keinen Anspruch erhebt, als Fachbuch zu gelten. Ich bin ebenso kein ausgebildeter Ernährungsberater sondern möchte auch in diesem Kapitel meine persönlichen Erfahrungen schildern, die ich während der ersten drei Jahre mit Bill erlebt habe.

Als ich seinerzeit Bill vom Züchter erwarb, gab er mir einige Kilo des Futters mit, dass er bisher gefressen hatte. Schon im Vorfeld hatte ich mich über diverse Futtersorten informiert. Dies geschah einerseits durch Informationen aus der Fachpresse andererseits in Gesprächen beim Tierfachhandel. Zudem hatte ich etliche Futterhersteller angeschrieben und um entsprechendes Informationsmaterial gebeten. Mit einer Ausnahme erhielt ich von allen Firmen nicht nur eine kompetente Antwort sondern auch Futterproben. Fazit meiner Recherchen war die Feststellung, dass es erhebliche Preis- und Qualitätsunterschiede gab. Aber auch das Tier oder in diesem Fall der Hund hat so seine Vorlieben. Was der eine Hund mag wird oftmals von dem anderen Hund abgelehnt. Da hilft nur eins: Ausprobieren!

Grundsätzlich unterscheiden die meisten Hersteller zwischen Trocken- und Nassfutter. Weiterhin gibt es spezielle Sorten für das jeweilige Lebensalter. Für Welpen, für ausgewachsene Hunde und für Senioren.

Ich hatte mich für ein Futter, einen Hersteller entschieden: Hill's. Anfänglich mit dem Welpenfutter und später dann die Sorte für ausgewachsene Hunde. Bis zum heutigen Tage füttere ich „Hill's" und kann sagen, dass ich mit dem Produkt sehr zufrieden bin. Bill mag es sehr und verträgt es ausgezeichnet. Sichtbare Ergebnisse des Futters sind: Ein fester Stuhlgang, physische Hochleistungsform sowie ein insgesamt sehr gutes Erscheinungsbild des Hundes. Im Verhältnis zu anderen Futterprodukten ist „Hill's" zwar im höchsten Preissegment zu finden, jedoch, wie heißt so schön in der Werbung: „Mein Haar (mein Hund) ist es mir wert."

In diesem Zusammenhang möchte ich noch erwähnen, dass Bill glücklicherweise nicht zu der Sorte der „Vielfrasse" gehört. In der Küche befinden sich zwei Näpfe. Einer ist mit Wasser gefüllt, der andere mit Trockenfutter. Hat Bill Hunger oder Durst kann er sich dort jederzeit bedienen. Er nimmt jedoch nur soviel zu sich, wie er für nötig hält. Der Rest bleibt im Napf für das nächste Mal.

Ich beschränke mich jedoch nicht nur auf Trockenfutter. Vielmehr ist es eine Kombinationen aus einer Vielzahl von Produkten. Beste Erfahrungen habe ich beispielsweise mit der Zugabe von grünem Pansen gemacht. Bei jedem Metzger, der noch selbst schlachtet, kann man Pansen erwerben. Er ist nicht nur sehr nahrhaft sondern auch sehr preiswert. Normalerweise erhält man den Pansen in großen Lappen. Ich bitte den Metzger allerdings, den Pansen durch den Wolf zu drehen. Dies bringt zwei Vorteile: Zum einen ist eine einfache Dosierbarkeit gewährleistet und zum anderen besteht nicht die Gefahr, dass der Hund die einzelnen großen

Lappen, „wegträgt" um sie an einer anderen Stelle zu verzehren, die dann zwangsläufig durch die enthaltenen Säfte im Pansen verdreckt werden. Eine anschließende, mühsame Reinigung wäre die Folge.

Bills Speiseplan sieht momentan wie folgt aus: Neben seinem täglichen Trockenfutter und Wasser, bekommt Bill zweimal pro Woche den naturbelassen Pansen sowie einmal mit Zugabe von einem rohen Ei und einem Schuss Olivenöl. Des Weiteren mindestens einmal pro Woche ca. 1 kg rohes Rinderfleisch und gekochtes Hühnerfleisch. Mir wurde strengstens abgeraten, rohes Schweinefleisch zu füttern, da dies zu Gesundheitsschäden beim Hund führen könne. Ein weiteres Highlight für Bill ist das Mittagessen. Nachdem wir zu Ende gegessen haben, erhält Bill seine Ration vom Mittagessen, hier beispielsweise Hühnchen, mal eine Frikadelle oder ein Schnitzel, jeweils gemischt mit Kartoffeln oder Nudeln. Man sollte darauf achten, dass die Speisen nicht oder nur wenig gewürzt sind, dies ist aber in der Regel ohne Probleme machbar. Meiden tue ich jede Art von Kohlgemüsen, hingegen reiche ich jedoch ab und zu einige Möhren.

Mit diesem Speiseplan habe ich beste Erfahrungen gemacht. Bill fühlt sich sehr wohl, seine Verdauung funktioniert ausgezeichnet, sein Stuhlgang ist fest, seine Kondition erstklassig, die Muskelstruktur bestens und sein Fell ist dicht und glänzend. Sicherlich ist nicht jeder Hund gleich, die Geschmacksvorlieben können sich ebenfalls sehr unterscheiden. So sollte jeder Hundebesitzer seinen Speiseplan aufstellen, der individuell auf den jeweiligen Hund angepasst ist. Ausprobieren lohnt sich!

Alles in allem bedeutet dies einen Kostenaufwand von ca. 100,00 Euro pro Monat, Leckerchen inklusive.

Dank der typischen und rassespezifischen Eigenschaften der Deutsch-Kurzhaar Hunde brauche ich über die Pflege des Haarkleides eigentlich nicht viel zu erwähnen. Absolut pflegeleicht ist eine Beschreibung, die zutreffend ist.

Im Wagen habe ich immer ein Handtuch liegen, mit dem ich den eventuell anfallenden groben Schmutz nach dem Spazieren gehen entferne. Ab und an, in eher unregelmäßigen Tagesabständen bürste ich Bill mit einem Doppelkamm. Auf der einen Seite befinden sich mittelgrobe Borsten, auf der anderen Seite engstehende Stahlstiftchen. Gute Erfahrungen habe ich mit dem gelegentlichen Auftragen einer Handvoll Olivenöl gemacht. Hierdurch wird das Fell sehr geschmeidig und erhält einen seidigen Glanz.

In Punkto Pflege ist dies eigentlich schon alles. Wie gesagt: DK-Rassetypisch – sehr pflegeleicht.

Gerne berichtete ich aber von einem Erlebnis, dass ich mit Bill an einem tristen ungemütlichen Herbsttag hatte. Wir waren wieder in unserem „Lieblingsfeldern" unterwegs, denn die nächste Straße sprich die nächste tödliche Gefahrenquelle befindet sich in rund einem Kilometer Entfernung. Auf den einzelnen Feldern werden Kartoffeln, Rüben, Weizen und Mais angebaut. Am Rande der Felder befindet sich ein kleiner Laubwald von ungefähr 1 km Länge und einer Breite von vielleicht 250 Meter. Hier kann Bill sich so richtig austoben und wir haben schon manche Lehrstunde hier verbracht, sei es zum Schleppe legen, zum Apportieren, zum Ablegen, zur Führersuche oder einfach nur zum Spielen.

Wie gesagt, es war ein ungemütlicher Tag. Es hatte bis 15:00 Uhr stark geregnet und es war windig. Dunkle Wolken hingen ganz tief über dem Boden. Fast hätte man geglaubt, man könne sie mit den Händen berühren. Sicherlich würde es gleich wieder anfangen zu regnen. Aber was half das Klagen. Bill brauchte seinen Auslauf und mir würde die Bewegung an der frischen Luft bestimmt auch gut tun. Nachdem wir eine halbe Stunde unterwegs waren, sah der Hund schon prima aus! Die Lehm- und Wasserfützen hatten ganze Arbeit geleistet, aber es sollte viel schlimmer kommen, denn einige Hundert Meter weiter entdeckte Bill ein wahres Hundeparadies. Eine gut gefüllte Güllegrube. Widerlich! Aber so unterschiedlich sind halt die Geschmäcker!

Bill war nicht mehr zu halten und sprang voller Elan in die Grube. Dann wurde sich gewälzt und gewälzt und gewälzt. Auf und nieder, geschüttelt und dann wieder von vorne. Minuten später hatte sich mein Deutsch-Kurzhaar Rüde in ein „Deutsch-Stinkhaar" verwandelt und in was für Eines. Ich ließ ihm die Freude und amüsierte mich köstlich. Ganz offensichtlich hatte Bill einen Riesenspaß, sich fortlaufend in der Gülle zu reiben. Nachdem Bill vom „baden" die Nase voll hatte, machten wir drei uns auf den Heimweg.

Sie haben richtig gelesen! Wir Drei! – Bill, ich und eine riesige Duftfahne. Im Gegensatz zu sonst, sehnte ich einen großen heftigen Regenschauer herbei, aber der Wettergott hat kein Erbarmen mit mir. So ertrug ich tapfer den Weg bis zur Wohnung. Hier angekommen, rubbelte ich Bill ordentlich ab, was auch prima klappte und am Ende hatte er wieder Ähnlichkeit mit einem Deutsch-Kurzhaar. Der Gestank blieb - wie zu erwarten war. Frei nach dem Motto: „Wer A sagt, muss auch B sagen" packte ich mir Bill und ab ging es unter die Dusche. Bill hatte bis zu diesem Zeitpunkt noch keinen Kontakt mit diesem „wasserspeienden Etwas" gehabt. Natürlich hatte er mich schon beim Duschen gesehen, er kannte auch dieses Sanitärteil als solches, nur für ihn war es ja bisher nie bestimmt gewesen.

Ich nahm mir ein großes Badetuch und legte es in die Duschtasse, so dass er nicht ausrutschen konnte und festen Boden unter seinen Pfoten verspürte. Dann legte ich den Brausekopf neben ihm und drehte den Wasserhahn minimal auf. Weit genug, dass Wasser herauskam aber so dass es nicht spritze. Man sah es Bill an, dass er sich nicht besonders wohl fühlte. Zugegebenerweise dachte ich etwas schadenfroh, dass er sich dies selbst zuzuschreiben hätte. Langsam nahm ich den Duschkopf mit einer Hand auf und führte ihn über Bills Körper, mit der anderen Hand streichelte ich ihn und versuchte ihn mit meiner Stimme etwas zu beruhigen. Es klappte prima. Nun folgte das shampoonieren. Bill ließ alles geduldig über sich ergehen, und das anschließende Abspülen brachten wir auch ohne nennenswerte Probleme über die Bühne. Schnell trocknete ich Bill ab, so dass das „Schütteln" innerhalb des Badezimmers nicht so schlimm wurde.

Bill war wieder ganz der Alte, und wir beide um einige Erfahrungen reicher. Das Positivste war auf jeden Fall, dass die Pflege der DK's wirklich vollkommen unproblematisch ist. Den Härtetest hatten wir ja durchgeführt, und ich mag mir dies mit einem langhaarigen Hund erst gar nicht vorstellen.

Die ersten Tage

Der Tag brach an, die erste Nacht mit Bill war ohne Probleme verlaufen. Der kleine Kerl hatte sofort gemerkt, dass ich wach geworden war, stand schwanzwedelnd neben meinem Bett und schaute mich mit seinen großen Kulleraugen an. Er hatte anscheinend ebenfalls tief und fest geschlafen.

Dies würde jetzt jeden Tag so sein – es tat gut, in sein Gesicht zu schauen und pure Lebensfreude zu sehen. Ich muss gestehen, dass ich eher zu der Kategorie der „Morgenmuffel" gehöre, als zu der Sorte Menschen, die aufstehen und direkt ein Späßchen auf der Zunge liegen haben. Ausgiebige „Gesprächseinheiten" am frühen Morgen gehören ebenso nicht zu meinen üblichen Gepflogenheiten. In punkto Bill brauchte ich auf jeden Fall keine Befürchtungen zu hegen. Im Gegenteil: Seine „fröhliche" Art versüßt mir bis heute den Start in den Tag.

Ich beeilte mich aufzustehen, um mit Bill in den Garten zu gehen, damit er sein „Geschäft" verrichten könne. Schnell zog ich mich an, Bill immer im Schlepptau und ging in Richtung Terrassentür. Uups! Was war das? Plötzlich verspürten meine nackten Füßen einen nassen Fleck im Teppich. Offensichtlich war Bill bereits auf die Idee mit dem „Geschäft" gekommen – nun ja, jetzt war es zu spät. Ich eilte trotzdem zur Tür und machte mich auf in Richtung Garten.

Das muss anders werden, sagte ich zu mir. Schonfrist hin oder her, jetzt musste Bill erst mal stubenrein werden. Dies hatte Priorität, denn weder ich noch Brigitte hatten

Lust, unsere Freizeit putzend auf dem Teppich zu verbringen. Im übrigen ist Bill in solchen Fällen immer mein Hund. Wenn er lieb, anhänglich und brav ist, selbstverständlich unser Hund.

In diesem „nassen" Augenblick klangen mir wieder die Aussagen bzgl. Haus- oder Zwingerhaltung in den Ohren. Nein, Schluss mit den Zweifeln! Ich hatte mich für die Haushaltung entschieden, dabei sollte es auch bleiben. Natürlich war ich mir bewusst, dass dies mit einigem Aufwand verbunden sein würde. Jetzt mussten die Weichen gestellt werden und Bill musste lernen, dass seine „Toilette" sich draußen und nicht im Hause befindet.

Erfreulicherweise war Bill sehr gelehrig und nach ein paar Tagen gab es diesbezüglich keine Probleme mehr. Man kann wohl sagen, dass dies in Rekordzeit geschah. Grundvoraussetzung für diesen Erfolg war meiner Meinung nach ein sehr intensiver Kontakt mit dem Hund. Vorsorglich hatte ich mir eine Woche Urlaub genommen, um in der Eingewöhnungsphase von Bill präsent zu sein.

Dies zahlte sich auch aus. Die Mensch-Tier Beziehung wuchs. Bill wich keinen Schritt von meiner Seite. Saß ich in der Küche, lag er neben mir, stand ich auf und ging ins Wohnzimmer, folgte er mir sofort. Bill hatte mich als seine Bezugsperson anerkannt. Sein Verhalten war für mein Vorhaben bestens geeignet. So hatte auch ich ihn ständig im Blick und konnte auf die kleinsten Regungen hinsichtlich „Geschäft" reagieren. War es wieder soweit, packte ich mir Bill und ging sofort mit ihm in den Garten, immer zum selben Platz, einer großen Efeuhecke.

Während Bill mit seiner Nase auf dem Boden hing, wiederholte ich immer und immer wieder die Wortkombination „Pi-Pi" um ihn zu animieren. Dies machte ich solange bis er sich, welpengerecht hinsetzte, und urinierte. Hatte es dies gemacht, lobte ich ihn voller Elan und belohnte ihn zusätzlich mit einem Leckerchen. Schon sehr bald hatte sich die Verknüpfung: „Pi-Pi, Geschäft, Lob, Leckerchen" bei Bill festgesetzt. Auf die Handlung seinerseits folgte eine positive Reaktion meinerseits. Dieses Schema und ständige, konsequente Wiederholungen führten schließlich zum Erfolg.

Die Animation „Pi-Pi" wurde schließlich zum Bestandteil von Bills Kommando-Wortschatz und hatte sich fest in Bills Gedankenzentrum eingebrannt. Auch heute noch reagiert Bill auf dieses Kommando unverzüglich in entsprechender Art und Weise. Fast schon eine zirkusreife Vorstellung!

So wie ich das positive Feedback anwendete, reagierte ich auch unmittelbar auf ein unerwünschtes Verhalten seitens Bill. Bedingt durch den ständigen Kontakt zu ihm, bemerkte ich beispielsweise, dass er versuchte, sich still und heimlich zu „verdrücken". Einige Sekunden später stellte er sich an, einen Haufen ins Wohnzimmer zu legen. Mit einem lauten und eindringenden „Pfui" quittierte ich seine Handlung, packte ihn sofort am Kragen, beförderte ihn nach draußen und ließ ihn dort sein „Geschäft" verrichten. Nach erfolgreicher Arbeit habe ich ihn dann überschwänglich gelobt.

Bis zum heutigen Tage habe ich diese Form des positiven sowie negativen Feedbacks beibehalten und kann sagen, dass ich hiermit beste Erfolge erzielt habe. Bei der

„Bestrafung" sollte man jedoch darauf achten, dass diese wirklich unmittelbar auf die Tat folgt, ansonsten hat der Hund keinerlei Verknüpfung zu dem, was er tat.

Jeder neuer Tag war ein Erlebnis. Bill macht der ganzen Familie große Freude. Natürlich war er auch die Attraktion für die Kinder aus der Nachbarschaft. Es ist schon seltsam, wie ein Tier eine solche große Faszination auf uns Menschen ausüben kann. Jeden Tag entdeckten wir neue Seiten an Bill, ob es nun seine Gestik oder das allgemeine Verhalten betraf.

Eines war auf jeden Fall schon mal sicher. Ein „Angsthase" war er nicht! Auf einer seiner Entdeckungstouren durch den Garten befasste er sich ausgiebig mit unserem Gartenteich. Seine ganzen Bewegungen waren noch kindlich unkoordiniert. Man hatte oft den Eindruck, dass der Kopf zwar wollte, doch die Umsetzung auf die Läufe und Pfoten klappten noch nicht so ganz, wie zeitversetzt. Es war ein herrlicher sonniger Tag, so dass wir beschlossen, uns auf dem Rasen vor dem Teich auszubreiten. Gesagt getan: Schnell waren die entsprechenden Utensilien besorgt und eine halbe Stunde später waren die Sonnenliegen in Beschlag genommen.

Bill trottete derweil immer noch um den Gartenteich herum. Anscheinend faszinierten ihn die Fische ungemein, jedoch vermied er es, auch nur eine Pfote ins Wasser zu setzen. Ganz nach dem Motto „Vorsicht ist besser als Nachsicht" hielt ihn eine innere Eingebung, ein Instinkt vom Wasser fern. Witterte er eine Gefahr für sich? – Wer weiß? Ich drängte ihn auf jeden Fall nicht, ins Wasser zu gehen. Ich kann jedoch nicht verleugnen, dass ich hierbei jedoch selber eine innere Unruhe verspürte. „Sollte Bill etwa nicht wasserfest sein?" Tausend Gedanken schossen mir durch den Kopf. Was sollte ich mit einem Jagdhund, der nicht ins Wasser ging – womöglich sollte ich dann schwimmend die geschossenen Enten selber an Land bringen – welch grässliche Vorstellung. Sicherlich würde dies bei den anderen Jägern besonders gut angekommen, aber so ist es nun mal: Wer den Schaden hat, braucht für den Spott nicht zu sorgen!

„Schluss", sagte ich zu mir selber. „Das ist doch vollkommener Blödsinn!" Es wird schon alles klappen. Bill ist erst drei Tage im Haus und schon vorverurteile ich ihn. Bei seiner Jugend ist das wohl etwas zuviel verlangt. Außerdem ist es doch auch gut, wenn er einen angeboren Instinkt dafür hat, was für ihn eventuell gefährlich sein kann. Wie lächerlich diese Gedanken waren, habe ich später festgestellt. Heute könnte man fast sagen, dass Bill kein Jagd- sondern ein Seehund ist. Er ist mittlerweile eine absolute „Wasserratte" und kaum vom Wasser fernzuhalten! Aber hierzu mehr in einem späteren Kapitel.

Als ich so in diesen Gedanken vertieft war, riss mich ein „Wasserplatschen" und ein sofort folgender Schrei von Judith jäh in die Realität zurück. Bill war kopfüber in den Teich geplumpst. Auf seiner Expedition hatte er wohl den Stand auf den glitschigen Steinen, verloren und war in die Teichsumpfzone abgerutscht. Judith war aufgesprungen, wissentlich, dass der Teich an der tiefsten Stelle 1,80 Meter misst und zur „Hunde-Rettungsaktion" angetreten. Sekunden später hievte sie Bill am Nacken aus dem Wasser. Das Wasser ist dort nur knapp 30

Zentimeter tief, jedoch war Bill pitschnass. Wieder festen Boden unter seinen Pfoten, schüttelte er sich unaufhörlich. Er schaute uns mit seinen großen bernsteinfarben Augen fragend an und tapste wieder zum Teich. Offensichtlich hatte ihn das Ereignis nicht im Geringsten verunsichert. Von Angst war auf jeden Fall keine Spur zu entdecken. Judith ernannte ihn daraufhin sofort zum „Held des Teiches".

Lange hielt das Interesse am Teich an diesem Nachmittag jedoch nicht an. Bill hatte etwas viel Spannenderes entdeckt. Die Badehandtücher waren die neuen Objekte seiner Begierde. Wieder und wieder sprang er darauf, biss, zerrte und kämpfte regelrecht gegen die Frotteetücher an. Schnell war die ganze Familie in das Spiel eingebunden. Wir deckten das Tuch über ihn, wickelten es um ihn und für Bill war es ein Heidenspaß, sich mit ganzem Körpereinsatz zu befreien. Natürlich durfte auch eine „Verfolgungsjagd" sowie ein „Wettrennen" nicht fehlen.

Es war wunderschön, ihn zu beobachten. So niedlich, so süß, so unbeholfen, so unverdorben, so verspielt. Man konnte ihn einfach nur unaufhörlich „knuddeln"!

An einen Tag kann ich mich besonders erinnern. Mein langjähriger Freund Josef kam zu Besuch. Seit nunmehr über zwanzig Jahre frönen wir gemeinsam unserer Jagdpassion. Über die Jagd hatten wir uns damals kennen gelernt und über die vielen Jahre ist eine wunderbare Freundschaft entstanden, in guten und ebenso in schlechten Zeiten, die das Leben nun mal mit sich bringen. Natürlich wusste Josef von meinem Vorhaben, mir einen Deutsch-Kurzhaar Rüden als Welpen zuzulegen. Nun wollte er sich Bill einmal anschauen, von dem ich ihm am Telefon schon soviel vorgeschwärmt hatte. Im Schlepptau hatte Josef seine beiden Kurzhaar-Teckel „Fips" sowie „Luise", die zwar schon etwas älter waren, die aber mit Bill sozusagen „aufwachsen" sollten, um später bei der Jagd ein eingespieltes „Team" zu bilden.

Bill kam sofort angestürmt und animierte Fips und Luise zum Spiel. Das war eigentlich auch das Letzte, was wir von den Dreien in der nächsten Zeit zu sehen bekamen, denn sie flitzen und tobten mit lautem Gebell und voller Übermut durch den Garten. Josef und ich waren froh, dass die Hunde sich augenscheinlich ausgezeichnet verstanden. Keinerlei Aggressionen waren zu verspüren. Auch bei der Verteilung eines „Leckerchen" gab es keine Probleme, kein Futterneid. Einfach Klasse! – Wenn man so sagen will, hatte Bill auch eine neue Freundin gefunden! Luise wurde nicht müde, Bill mit ihrer langen, schmalen Zungen abzuliebeln. Besonders Bills Leftzen hatten es ihr wohl angetan. Man hätte meinen können, sie würde ihn küssen. Ein Bild für Götter!

Die Tage vergingen wie im Fluge und einer war schöner als der andere. Bill hatte sich ausgezeichnet eingelebt, war stubenrein und avancierte zum Superstar der Familie.

Bill lernt schwimmen

Über diesen Sommer, im Jahre 2001, brauchte man sich nicht zu beschweren. Es war wieder einmal Wochenende und die Sonne strahlte mit ihrer ganzen Kraft und Schönheit auf die Erde nieder. Das Thermometer zeigte 32 Grad im Schatten an, also eigentlich der richtige Tag, um ins Wasser zu springen und sich abzukühlen.

Ebenfalls eine gute Gelegenheit, um Bills „Wassertauglichkeit" zu testen. Ganz in der Nähe befand sich ein eingezäuntes großes Gelände. Auf diesem ehemaligen Industriegebiet, auf dem seit Jahren keine Aktivitäten mehr stattfanden, hatte sich mit der Zeit ein wunderschönes Biotop entwickelt. Hier standen die Mischkulturen verschiedener Baumsorten, Hecken und Büsche, wie man sie vor dreißig Jahren überall in der Gegend fand sowie ein Weizenfeld, dass saisongemäß von den Bauern bewirtschaftet wurde.

Mittendrin ein Naturteich von ca. 50 Meter im Durchmesser. An der tiefsten Stelle war er ca. einen Meter tief. In der Mitte des Teiches befand sich eine kleine Insel, über und über mit Schilf bedeckt. Kurzum, ein Fleckchen unberührter Natur, dass zum Verweilen einlud. Weit und breit war kein Mensch zu sehen. Bill und ich schlenderten durch das Gelände und kamen dem Ziel immer näher. Ich hatte Bills Spielzeuge, einige kleine Bälle, seinen Plastik-Apportierbock und die lange Feldleine, mitgenommen. Dies mit der Absicht, ihn zu animieren ins Wasser zu gehen.

Nun im Wasser war er ja schon einmal gewesen, obwohl es sich dabei ja um einen „Unfall" gehandelt hatte, als er tollpatschiger Weise auf dem glitschigen Rand des heimischen Gartenteichs das Gleichgewicht verloren hatte. Heute lag die Sache jedoch ganz anders, denn er musste aus eigenen Stücken ins Wasser gehen. Wie weit ins Wasser hinein sollte sich noch herausstellen.

Am Teich angelangt schnüffelte Bill ganz aufgeregt am Ufer entlang. Plötzlich blieb der kleine Kerle vor einem Busch stehen und ging in die so typische Deutsch-Kurzhaar Vorstehposition. Sekunden später ging ein Fasenhahn hoch, der sich im Unterholz des Busches gedrückt hatte. Ich war überglücklich, ob dieses tollen Anblickes. Bill war gerade einmal etwas über vier Monate alt und hatte, ganz den angeboren Instinkten entsprechend, vorgestanden. Das erste Mal in seinem Leben! Wenn das keine Jagdpassion ist? Gute Aussichten für Bills jagdlichen Werdegang.

Nachdem sich Bill wieder beruhigt hatte und das Zittern, das Jagdfieber, aufhörte, fing ich an mit ihm zu spielen. Ich warf den Ball und Bill holte ihn. So ging es hin her. Langsam verringerte ich den Abstand zum Teich. Mit jedem Ballwurf rückte ich näher an das Ufer. Schließlich war es dann soweit. Beim nächsten Wurf landete der Ball direkt in Ufernähe, ca. 10 cm weit im Wasser liegend. Bill lief auf das Wasser zu, verharrte jedoch am Ufer, sprang von einer auf die andere Pfote. Er scheute sich ins Wasser zu gehen. Dies war auch bei den weiteren Versuchen nicht anders. Offensichtlich hatte er Bedenken ins Wasser zu gehen. Was war der Grund? Angst, Furcht oder einfach nur der angeborene Selbstschutzinstinkt?

Ich überlegte, wie ich es schaffen könne, Bill diese Befürchtungen zu nehmen? Ich erinnerte mich an meine

Kindheit. Wie hatte es denn mein Vater mit mir gemacht? Obwohl selber vom Sternzeichen Fische, hatte ich so meine Schwierigkeiten mit dem ersten Wasserkontakt. Mein Vater sprach mir zwar gut zu, aber das half alles nichts. Als wäre es gestern passiert, kann ich mich jedoch daran erinnern was dann geschah. Er nahm mich auf seinen Arm und hielt mich ganz fest. So ging er denn Zentimeter für Zentimeter, Schritt für Schritt ins Wasser hinein. Solange bis auch mein Körper vom Wasser umspült wurde. Mich selbst sicher in den Armen meines Vaters wissend, war die Angst wie weggeflogen und von diesem Zeitpunkt war der Bann gebrochen.

Nun, was mein Vater damals mit mir gemacht hatte und was schließlich ja auch zum Erfolg geführt hat, konnte daher ja keine schlechte Idee gewesen sein! Warum also sollte es mit Bill nicht auch so funktionieren? Bill war total auf meine Person fixiert. Er folgte mir sowieso auf Schritt und Tritt. Es war auf jeden Fall einen Versuch wert. Zudem war es, wie anfangs erwähnt, ein herrlicher Sonnentag und auch mir konnte eine kleine Abkühlung gut tun. Schnell waren die Schuhe und Socken ausgezogen, der „Wassertest" konnte beginnen.

Ich nahm den Plastik-Apportierbock, ging bis ans Teichufer und setzte mich dort hin. Dann rief ich Bill, der sofort angetrabt kam. Ich stand auf und machte einen Schritt ins Wasser hinein. Bill blickte mich fragend und verwundert an. Ich rief und winkte Bill zu. Zuerst hopste der kleine Kerl unsicher auf der Stelle, doch die Beziehung zu mir obsiegte. Ganz, ganz vorsichtig setzte er die erste Pfote ins Wasser, dann die zweite, dann alle vier. Ich drückte ihn sofort an meine Beine und lobte ihn überschwänglich. Ich blieb jedoch auf dieser Position und ging vorerst nicht weiter ins Wasser hinein. Beruhigend streichelte ich Bill, nahm den Apportierbock und fing an mit Bill zu spielen. Dies ging so einige Minuten lang. Dann glitt ich sehr behutsam immer etwas mehr in das Wasser hinein. Bill folgte mir unerschrocken.

Gleich war es soweit. Bill würde in den nächsten Sekunden den Boden unter seinen Pfoten verlieren, dann würde es sich zeigen, ob er die Angst vor dem Wasser überwunden hätte. Es war soweit. Ich ging in die Hocke um mehr auf Bills Augenhöhe zu sein und streckte meine Arm zu ihm aus. Im nächsten Augenblick verlor Bill den Bodenkontakt. Sofort fing er an zu paddeln und kam auf mich zu. Ich ergriff ihn ohne Verzögerung, liebelte ihn ab und hielt ihn fest. Langsam ging ich wieder in Richtung Ufer, so dass er den Bodenkontakt zurück erlangte. Hier spielte ich wieder mit ihm und warf sein Spielzeug mal in Richtung Ufer, mal in Richtung „offener Teich", aber stets in meine unmittelbare Nähe.

Alles lief prima. Bill hatte sichtlich Freude am Spiel. So fasste ich den Entschluss, sozusagen aufs Ganze zu gehen. Ich befestigte, für den Fall der Fälle, die Feldleine an den Apportierbock und warf ihn ungefähr zwei Meter weit ins „tiefe Wasser". Ohne eine Sekunde des Überlegens schwirrte Bill in Richtung Spielzeug ab. Als hätte er nie etwas anderes getan, paddelte er brav zum Apportierbock, nahm ihn auf, drehte ab und kam auf direktem Weg zu mir zurück. Toll! Bill hatte den inneren „Schweinehund" überwunden.

Offensichtlich hatte Bill nun „Blut geleckt". Immer und immer wieder musste ich seinen Apportierbock oder die Bälle ins Wasser werfen und vor allem weiter und weiter ins Wasser hinein. Stets sauste Bill ab und holte die entsprechender Teile aus dem Wasser. Es machte ihm einen Heidenspaß. Ich muss gestehen, dass ich voller Stolz auf Bill und das Resultat meiner bzw. Vaters Lehrmethode war.

Aber genug ist genug. So holte ich Bill aus dem Wasser und rubbelte ihn halbwegs trocken. So saßen wir dann noch, wie Pat und Paterchen, eine ganze Weile am Ufer des Teiches, die wärmenden Sonnenstrahlen genießend.

Der Grundstock für eine erfolgreiche Wasserarbeit war gelegt. Mit dem Wissen und den Erfahrungen von heute kann ich sagen, dass sich dies bezahlt gemacht hat. Natürlich hat Bill mittlerweile seine Schwimmstil perfektioniert. Es ist eine wahre Freude, ihm bei der Wasserarbeit zuzusehen. Nicht nur wegen seiner guten Nase, dem Verfolgen der Entenspur auf dem Wasser sondern auch wegen der großen Beharrlichkeit und der Ausdauer, die Bill hierbei an den Tag legt. Ich habe es schon erlebt, dass er über eine halbe Stunde im Wasser hinter der Spur einer Ente her war. Wenn man bedenkt, dass gerade das Schwimmen für einen Hund eine körperliche Höchstleistung ist, ist dieses Geschehen wirklich außergewöhnlich und zeigt in beeindruckender Weise, wie stark die jagdliche Passion bei Bill ausgeprägt ist.

Wieder war ein toller Tag zu Ende gegangen. Höchst zufrieden sank ich am späten Abend ins Bett und freute mich schon auf den nächsten Morgen mit Bill.

Frau Holle und andere Überraschungen

Bill war nun seit rund zwei Monaten bei uns. Er hatte sich gut eingelebt, ebenso in die Familie integriert. Bill war stubenrein und wir hatten eigentlich keinen Grund zu klagen. Eigentlich! Denn da war eine Sache, die uns Kummer bereitete, uns sorgen ließ. Seinen Platz im „Rudel Familie" hatte er gefunden. Ich war seine absolute Bezugsperson, dann kamen Brigitte und die Kinder. So folgte er mir auf Schritt und Tritt. Dies war auch auf unseren Spaziergängen nicht anders. In der Regel lief er schön links neben mir. War er mal ein paar Schritte vorgelaufen, blieb er stehen und schaute sich um, ob ich wohl noch da wäre – wie ein kleines Kind, das seinen Vater sucht.

Problematisch wurde es immer nur dann, wenn er alleine im Hause bleiben sollte. Dies war aber nun mal nicht zu vermeiden, denn so schön es war, die Zeit mit Bill zu verbringen, forderte der Alltag, das normale Leben seinen Tribut. Schnell hatte Bill heraus, wann es soweit war. Beispielsweise, wenn ich im Badezimmer meine Haare kämmte. Dies war für Bill die Verknüpfung: Jetzt geht es raus, jetzt gehen wir spazieren. Er tänzelte um mich herum, seine Rute wackelte aufgeregt hin und her, und es zerriss mir oftmals das Herz, wenn ich in diese treuen Augen sah und sagen musste: „Nein, Bill, Du kannst nicht mitgehen. Du musst zu Hause bleiben." Kaum gesagt folgte die Reaktion augenblicklich. Die Rute ging runter, die Körperbewegungen wurden langsamer und Bill schaute mich ganz traurig an. Vielleicht mag der eine oder andere Leser jetzt denken, ein Hund kann doch nicht traurig schauen, aber glauben Sie mir, ich kann Ihnen versichern, wenn Sie dieses Gesicht sehen könnten, würden Sie es genau so schreiben und schildern, wie ich es jetzt tue.

Es war, als wenn eine Welt für ihn zusammenbrechen würde. Ich fragte mich: „Was geht wohl jetzt in seinem Kopf vor?", „Hat er Angst vor dem Alleinsein oder fühlt er sich vernachlässigt?". Ich denke, dass es eher, dass Gefühl ist, nicht bei seinem „Rudel" sein zu können. Hunde sind Rudeltiere und frei nach dem Motto: „Es ist nicht gut, wenn der Mensch alleine ist" wird es so auch bei den Hunden sein, vielleicht sind diese Emotion bei ihnen sogar noch stärker ausgeprägt. Auf jeden Fall, hatte Bill damit Probleme. Kaum war die Tür hinter mir ins Schloss gefallen, fing er an zu winseln, zu klagen, zu bellen.

Rein technisch gesehen, ist dies kein Problem gewesen. Wir haben ein freistehendes Haus und somit keinen unmittelbaren Nachbarkontakt, so dass sich niemand von Hundegebell gestört fühlen konnte. Außerdem wussten alle unsere Nachbarn von Bill, und er war auch hier der Star. Da wir ein sehr gutes Verhältnis untereinander pflegen war all dies also nicht das eigentliche Problem. Anfangs blieb es auch nur beim Bellen, dann setzte Bill aber eine Portion drauf! Er ließ seinen Unmut an einem Sessel in der Diele aus. Jetzt war Handeln angesagt!

Eines Tages kam ich also nach Hause und sah schon durch die Dielentür den umgefallen Sessel. Ich betrat die Wohnung und Bill kam außer sich vor Freude auf mich zu und begrüßte sein „Herrchen". Ich erwiderte seine Liebesbekundungen und nahm in dann in meine Arme. So ging ich mit ihm zum Sessel in der Diele. Ich setzte ihn auf dem Boden ab und zeigte demonstrativ auf das beschädigte Möbelstück, dies verbunden mit lauten, mehrfachen „Pfui" Ausrufen. Bill klemmte sofort seine Rute ein, schleppte sich in sein Körbchen und schaute mich mit großen Augen an.

Eines war klar: Er wusste, das er etwas gemacht hatte, was meine Missbilligung gefunden hatte. Es gibt hierzu natürlich viele Meinungen, Thesen und Untersuchungen. Eine sagt beispielsweise: Hunde haben keine Moralvorstellungen, sie haben auch kein gutes oder schlechtes Gewissen. Sie sind pure Egoisten und unterscheiden nur zwischen dem was für sie gut ist und dem was für sie schlecht ist. In meinem Fall war dies der laute Wortausbruch mit dem Codewort: „Pfui". Ideal ist jedoch eine „Bestrafung", die sofort auf die Tat folgt, denn dann hat der Hund die direkte Verknüpfung mit seiner Aktion. Ich hoffte jedoch, dass Bill mein Ansinnen verstanden hatte.

Der nächste Tag kam, das nächste Mal war Bill allein und siehe da – nichts war passiert. Die Möbel standen alle noch auf ihrem Fleck. Dies wiederholte sich ebenfalls an den nächsten zwei Tagen. Am vierten Tag bot sich mir allerdings erneut ein Bild der Zerstörung. Ich strafte wieder mit lautem „Pfui" und zusätzlich bekam Bill noch einen Klapps auf den Po. Danach war eine Woche Ruhe.

Diese Aktionen wiederholten sich noch zwei Wochen lang, dann war Ruhe. Bill hatte sich wohl in sein Schicksal des zeitweisen Alleinseins gefügt. Stets habe ich jedoch darauf geachtet, dass die Freudebekundungen von Bill, bei meinem Eintreten in die Wohnung auch von mir beantwortet wurden. Alles andere wäre ein fataler Fehler gewesen, da Bill ansonsten meine „Bestrafung" mit seinen Freudeausbrüchen verknüpft hätte – das wäre dann mein Fehler gewesen.

Erwähnen möchte ich an dieser Stelle unbedingt ein Ereignis dass sich zwischendurch ereignet hatte und mich noch heute beim Erzählen und niederschreiben dieser Zeilen zum Schmunzeln bringt. Ich kam von der Arbeit nach Hause und wusste schon beim Betreten der Wohnung, dass irgendetwas nicht in Ordnung war, denn üblicherweise konnte ich Bill schon schwanzwedelnd durch die gläserne Dielentür erblicken. Diesmal jedoch nicht. So ging ich dann mit sehr gemischten Gefühlen in die Wohnung hinein und erblickte ein Bild, das mich spontan laut lachen ließ. Es war einfach zu drollig und ist kaum in Worte zu fassen. Das muss man einfach live gesehen haben.

Während meiner Abwesenheit musste Bill wohl durch das Haus gelaufen sein, auf der Suche nach einem neuen Spielzeug. Im Schlafzimmer hatte er es gefunden. Das Plymo. Anscheinend hatte er dann besagtes Plymo bis in das Wohnzimmer gezogen und mit der detaillierten Untersuchung angefangen. Ich unterstelle jetzt ganz einfach mal, dass er als guter Jagdhund Beute gewittert hatte und an den Speck, sprich an die Federn heranwollte. Natürlich war ihm dies auch gelungen. So hatte er alsdann das Innere nach außen gekehrt und ein Meer von Daunenfedern bedeckte den dunkelblauen Teppichboden im Wohnzimmer sowie in der Diele. Mittendrin saß der „Übeltäter", saß „Frau Holle", die ihre Kissen ausschüttelte. Bill war über und über mit Federn bedeckt und blickte mich mit strahlenden Augen sowie schwanzwedelnd an.

Sagen Sie selbst: „Wer kann da noch böse sein?" Ich konnte dies auf jeden Fall nicht – im Gegenteil.

In kindlicher Weise stürzte ich mich auf Bill und im nächsten Moment waren wir inmitten einer riesigen Kissenschlacht mit unendlich viel Spaß.

Ende gut, alles gut !

Machtkampf

Oktober 2001: Bill machte der ganzen Familie nach wie vor sehr viel Freude. Seine Erziehung bzw. meine Erziehungsmethoden brachten bislang gute Ergebnisse hervor. Kurz gesagt: Ich war sehr zufrieden. Es machte ganz einfach Spaß zu sehen, wie gelehrig Bill war und wie schnell er Neues umsetzte und in seinen Kommando-Wortschatz aufnahm.

Insgesamt konnte man auch feststellen, dass der „Kleine" selbstbewusster wurde. Sei es im Haus in punkto Wachsamkeit oder bei unseren Spaziergängen, wenn wir auf andere Hunde trafen. In diesem Zusammenhang möchte ich von einem Vorfall erzählen, dass die Entwicklung, das Erwachsenwerden von Bill deutlich dokumentiert.

Es war ein goldener Oktober mit sehr vielen schönen Sonnentagen. Besonders genoss ich die Wochenenden, da sie mir viel Zeit für die Ausbildung und Beschäftigung mit Bill gaben. Rund 100 Meter von meinem Haus entfernt befindet sich der alte Stadtpark meiner Heimatstadt. Wollte ich mir das Autofahren ersparen oder ganz einfach nur mal schnell mit dem Hund nach draußen gehen, bot sich der kurze Weg in den Park förmlich an. Hier gibt es noch einen sehr alten Baumbestand, die Wiesenflächen sind mittlerweile etwas angeschrägt angelegt und im unteren Bereich schlängelt sich die Übach durch die Landschaft.

Gerne erinnere ich mich an frühere Zeiten. An unbekümmerte Zeiten der Kindheit, die die heutige Jugend kaum noch erleben kann. Wir waren eine ganze

Schar von Jungs, die nichts anderes als Abenteuer, Spiel und Spaß im Kopf hatten. Die Sommer waren noch Sommer, die Winter noch Winter. So hatte jeder von uns natürlich einen Schlitten und es wurde gerodelt, was das Zeug hielt. Im Sommer hingegen vertrieben wir uns die Zeit mit Fußballspielen oder wie wir damals sagten „Bolzen", mit „Knicker" spielen und mit der Jagd auf Kaninchen.

Ausgerüstet mit selbstgebauten Bögen ging es durch den Wald auf Kaninchenjagd. Wir haben meistens welche gesehen, aber erlegen konnten wir natürlich nie eins. Wie denn auch? Mit ohrenbetäubendem Lärm hetzten wir durch die Laubkulturen des heimischen Stadtparks und verscheuchten eher die kleinen Nager, als dass wir ihnen gefährlich werden konnten. Offensichtlich bekümmerte es die Kaninchen auch nicht im Besonderen, denn beim nächsten Jagdangriff waren sie wieder alle da. Im Nachhinein betrachtet, könnte ich mir eher vorstellen, dass sie sich über uns amüsiert haben.

Unsere Schießfertigkeit erlangten wir durch Zielübungen auf die diversen Bäume des Parks. Vielleicht liegen ja auch hier die Wurzeln meiner jagdlichen Aktivitäten und Ambitionen von heute. Zumindest hat es mich wohl von jeher interessiert und ich kann versichern, dass sich meine „Jagdtechnik" sehr verbessert hat – zum Leid der Kaninchen, zum Wohl der Küche.

Soweit so gut. Dieser Park lag also in meiner unmittelbaren Nähe und ich nutzte das schöne Wetter für einen sonntäglichen Spaziergang. Gerade im Park angekommen, traf ich einen anderen Hundebesitzer, der einen Münsterländer, namens Don und zwei Jahre alt, sein eigen nannte. Er selber, war kein Jäger, sondern hatte den Hund über das Tierheim bezogen. Wir waren uns schon des öfteren begegnet und so kannten nicht nur wir uns sondern auch die Hunde.

Bill und Don verstanden sich prächtig. Dies sollte sich aber noch schlagartig ändern und einen Schlussstrich unter die Hundefreundschaft setzen. Die beiden Hunden tobten und spielten auf der Wiese. Es war lustig ihnen zuzuschauen. Ein Lieblingsspiel der Beiden war offensichtlich „Nachlaufen". So rannten sie sich fast die Lunge aus dem Hals von einem Ende des Parks bis hin zum anderen Ende. Gebremst nur durch die Rufe ihrer besorgten Herrchen, die die Hunde in näherer Sichtweite wissen wollten. Don, der älter als Bill war, zeigte seine Dominanz in Form des „Besteigens" von Bill. Dies geschah in unregelmäßigen Abständen und dauerte nur wenige Sekunden. Dann wurde das Spiel fortgesetzt. Bis dato hatte Bill sich dies auch immer gefallen lassen und unterwarf sich sozusagen als Welpe dem Erwachsenen.

An diesem Sonntag war dies allerdings anders! Beim ersten Versuch von Don seine Dominanz zu zeigen, reagierte Bill mit einem nicht überhör- und sichtbaren Zähnefletschen und Bellen. Auch dies dauerte nur eine, maximal zwei Sekunden. Weiter, geschah nichts. Einige Minuten später kam der nächste Anlauf von Don. Bill reagierte wieder abweisend und seine Nackenhaare sträubten sich auf das Heftigste, sozusagen ein Warnschuss in Richtung Don. Dann kam es, wie es wohl kommen musste. Don hatte Bills Warnungen „in den Wind geschrieben" und schob sich von hinten auf Bills Rücken. Bill wurde zur „Bestie"! Ich kannte meinen eigenen Hund nicht mehr wieder!

Das war doch nicht Bill, der liebe, kein Wässerchen trübende Bill! Was war geschehen? Nach Dons Dominanzversuch packte sich Bill ihn im Bruchteil einer Sekunde am Nacken und wies ihn in die Schranken - nach dem Motto: „Das will ich nicht!, Jetzt reicht es mir!, Ich habe Dich zweimal gewarnt!". Dann ging es richtig zur Sache. Die beiden Hunde hingen wie ein Knäuel Wolle zusammen und die Geräusche, die sie dabei machten, so muss ich zugeben, gingen mir durch Mark und Bein. Auf wiederholte laute Zurufe reagierten beide Hunde nicht. Auch ein Hieb auf den Po brachte keine Änderung. Immer und immer mehr schienen sie sich ineinander zu verbeißen. Es sah aus, als wenn sie sich umbringen würden.

Grund genug, einzugreifen! Wenn man sich hierzu entschließt sollte man jedoch auf keinen Fall den Fehler machen, zu versuchen das Halsband zu ergreifen oder nur ansatzweise in die Nähe des Fangs zu kommen. In diesem Zustand der Erregung, des Adrenalinschubs können die Hunde nicht mehr unterscheiden, was unter ihre Zähne kommt. Ich packte Bill also, verbunden mit dem Kommando „Aus" an der Hinterläufen und zog ihn hoch. Mein Gegenüber machte dies ebenso mit seinem Hund. Als Bill gänzlich den Boden unter seinen Füßen verlor, ließ er ab und ich ging mit ihm zur Seite. Er beruhigte sich sehr schnell. Zwei oder drei Minuten später, war er wieder ganz der Alte – kaum zu glauben! Übrigens, bei der anschließenden Untersuchung unserer Hunde vor Ort konnten wir weder blutige Stellen noch sonstige Verletzungen feststellen. Ein grandioses Schauspiel der beiden Vierbeiner. Doch von diesem Zeitpunkt an, war es mit der Freundschaft zwischen Don und Bill vorbei. Sie haben nie wieder miteinander

gespielt sondern stellen noch heute sofort ihren „Kamm"
hoch, wenn sie sich begegnen.

So ändern sich die Zeiten, so schnell vergeht die Zeit.
Bill wurde erwachsen!

Bills Selbstbewusstsein stieg. So suchte er offenbar auch
seine Position innerhalb der Familie, denn eines Tages
kam es zu dem folgenden Zwischenfall, der für seine
weitere Entwicklung von entscheidender Rolle war: Ich
hatte einige Besorgungen gemacht, so war ich unter
anderem bei unserem Metzger. Als Leckerchen für Bill
hatte ich eine Rinderbeinscheibe gekauft. Zuhause
angekommen und nach der offiziellen Begrüßung, nahm
ich mir Bill und ging mit ihm in den Garten. Natürlich
hatte er schon längst gerochen, dass ich da etwas ganz
besonderes in der Tasche hatte. Etwas, das für ihn
bestimmt war. So schaute er mich mit seinem
unnachahmlichen Blick an und wartete auf die Dinge, die
da kommen sollte. Ich packte die Beinscheibe aus, ließ
Bill „Sitz" machen und gab ihm das Stück Fleisch.
Selbstverständlich merkte er sofort, dass er das Stück
nicht sofort hinunterschlucken konnte und ging deshalb,
in der typischen angewölften Hundeart, einige Meter
abseits in „Deckung". Offensichtlich hatte ich seinen
Geschmack getroffen und ich freute mich, das er sich so
eifrig am Fleisch sowie dem Knochenmark zu schaffen
machte. So in Gedanken versunken ging ich auf ihn zu
und wollte ihn streicheln. Als ich meine Hand auf seinen
Kopf legen wollte, fletschte er mir seine Zähne entgegen
und brummte mich an.

Rein instinktiv, absolut reflexartig, im Bruchteil einer
Sekunde schoss meine Hand in Richtung Bills Maul und

ich traf. Verbal folgte auch einiges, und dies nicht zu knapp. Bill heulte auf, klemmte seinen Schwanz ein und verschwand im Haus. Ich lief hinter ihm her und fand ihn in seinem Körbchen sitzend, total verängstigt, zitternd und ein paar Tröpfchen flossen ebenso. Ich schimpfte lauthals mit ihm, immer wieder „Pfui" wiederholend.

Er tat mir unheimlich leid, so wie er da saß. Ein kleines Häufchen Elend. Im ersten Moment machte ich mir sogar Vorwürfe, dass ich ihm eine „Ohrfeige" verpasst hatte, obwohl dies vollkommen instinktiv erfolgte. Auf der anderen Seite konnte ich dies unmöglich durchgehen lassen! Was wäre der nächste Schritt gewesen? Bill testete aus, wie weit er gehen konnte. Diese Art von Machtkampf hatte ich schon eine ganze Weile beobachtet. Jetzt hatte er es bei mir ausprobiert. Würde er mich demnächst beißen? Nein, das konnte, das kann es nicht sein! Hier musste sofort, auf der Stelle Einhalt geboten werden und die Position innerhalb des Rudels klar gestellt werden. Der Chef bin ich und nicht Bill.

Bill blieb ungefähr eine halbe Stunde im Körbchen liegen und ich bestrafte ihn mit Nichtbeachtung. Dann rief ich ihn. In Windeseile kam er angelaufen. Einige Meter vor mir, verlangsamte er sein Tempo und blieb stehen. Er hatte Angst! Ich schaute ihn an und mit ruhiger Stimme sagte ich: „Da komm her, ist ja wieder gut!" – Er verstand dies ganz genau. Der Tonfall war für ihn das Signal, schwanzwedelnd kam er angesprungen und leckte meine Hand ab. Ich nahm in den Arm und streichelte ihn. Hatte er es kapiert?

Nein! Dies stellte ich ungefähr zwei Wochen später fest.

Im Fernsehen lief eine interessante Dokumentation. Ich saß auf der Couch, Bill lag auf dem Boden zu meiner rechten Seite. Ich bekam Durst und ging in die Küche um mir eine eisgekühlte Coca-Cola zu holen. Als ich wieder in das Wohnzimmer zur Couch kam saß Bill auf meinem Platz und dies in einer absoluten dominanten Art und Weise. Die Brust heraus, den Kopf hoch, richtig triumphierend. Ich versuchte dies zu ignorieren, stellte das Glas ab, setzte mich auf die Kante des Sitzplatzes und rutsche langsam nach hinten in seine Richtung. Plötzlich vernahm ich ein aggressives Knurren. So nicht mein Herr, dachte ich bei mir. Diesmal nicht instinktiv sondern voller Überlegung griff ich nach hinten, packte ihn im Nacken und schleuderte Bill in Richtung Boden. Zwei Meter weiter kam Bill zu Fall. Ich sprang auf, nahm die Tageszeitung, rollte sie ein und haute Bill damit mehrfach auf den Po. Weh kann ihm dies wohl nicht getan haben, es war wohl mehr die Schreckwirkung. Bill flitze ab und verschwand in seinem Körbchen.

Selbstkritisch fragte ich wieder, ob meine Reaktion richtig und angemessen war. Damals wie heute denke ich ja, denn von diesem Tage an gab es keine derartigen Auseinandersetzungen mehr. Die Rudelpositionsfrage war und ist eindeutig geklärt. Ob ich Bill den Fang aufdrücke, ihn während des Essens anfasse, ihm seinen Kauknochen abnehme oder gar das Essen, zur Kontrolle aus dem Maul nehme. Nicht einmal eine Spur von Auflehnung oder gar Aggression ist zu verzeichnen.

Ich kann aus der Erfahrung heraus jedem Hundebesitzer raten, diese Frage der Position unbedingt rechtzeitig und total eindeutig zu klären. Fatale Folgen können sonst nicht ausgeschlossen werden. Dies gilt, meiner Meinung nach, auch im Umgang mit anderen Hunden. Hier ist ein soziales artgerechtes Verhalten das erklärte Wunschziel. Asoziales Verhalten des Hundes schadet nicht nur dem Besitzer sondern auch dem Ansehen der Rasse, denn schnell sind Vorurteile geboren sowie unsachliche Verallgemeinerungen die Folge. Gerade dies, hätte die Rasse Deutsch-Kurzhaar nicht verdient und dies kann ich voller Überzeugung und von Herzen erklären.

In diesem Sinne: Kurzhaar voran!

Der erste Schnee

Dezember 2001. Kalt war es in Deutschland, der Ostwind pfiff über die Felder und es wurde immer ungemütlicher, draußen auf jeden Fall. Die Natur hatte sich gewaltig verändert. Immer früher wurde es dunkel, immer später hell. Meist hingen die dunklen Wolken sehr tief. Fast hatte man den Eindruck, sie greifen zu können. Bei diesem Anblick konnte ich nachvollziehen, dass viele Menschen an sogenannten „Winterdepressionen" leiden.

Ich bin zwar eher der „Sommertyp" mit Sonne, Wasser, Strand sowie Palmen, doch andererseits liebe ich auch die gemütlichen Winterabende zu Hause vor dem Kamin. Dann ist es umso gemütlicher, wenn man nach draußen sieht und das grauenhafte Wetter förmlich fühlen kann.

Bill machte das schlechte Wetter nichts aus. Obwohl er als Deutsch-Kurzhaar über ein, wie der Name es schon sagt, sehr kurzes Haarkleid verfügt. Nach wie vor tobte er sich auf unseren ausgedehnten Spaziergängen so richtig aus. Körperlich hatte Bill sehr zugelegt und das welpenhafte Aussehen war kaum noch zu sehen. Nur das Gesicht und sein noch graziler Körperbau wiesen auf einen jungen Hund hin. Immer noch war er jedoch total verspielt. Er nutze jede Gelegenheit zu toben und sich mit mir in spielerischer Art und Weise zu messen.

Wieder ging es raus mit Bill. Diesmal hatte ich mir den naheliegenden „Rimburger Wald" als Betätigungsfeld ausgesucht. Es war bitterkalt. Ein Blick auf das Thermometer ließ die Lust auf den Spaziergang zur Wahnsinnsidee mutieren. –6 Grad. Wahrlich kein Vergnügen – doch sollte ich mit Bill auf den nächsten

Frühling warten? Ich erinnerte mich wieder an den Ausspruch meines „Jagdvaters" Anton: „Es gibt kein schlechtes Wetter, nur unpassende Kleidung!" Na wenn das so ist! Ich schlüpfte also in meinen Thermooverall, zog die dicken, gefütterten Stiefel an, Fellmütze aufgesetzt, die Handschuhe verstaut und zur Sicherheit noch die so geliebten „Taschenöfen" eingepackt.

Bill an die Leine und im nächsten Moment stand ich im Freien. Als ich so da stand, schaute ich zu mir hinunter, komplett eingepackt, fast schon vermummt und neben mir mein treuer Freund, ohne Thermooverall, ohne Stiefel oder gar Taschenöfen, bedeckt nur mit diesem bisschen Fell. Ich kam mir ziemlich schlecht vor, dass ich dem Hund zumutete, bei diesem Wetter, bei diesen Temperaturen vor die Tür zu gehen. „Bin ich wirklich so herzlos?", fragte ich mich selber.

Vielleicht ist dies aber auch die typischen Art von uns Menschen, Hunde oder generell Tiere vermenschlichen zu wollen. Diesen Eindruck musste man gewinnen, wenn man Bill so ansah, denn offensichtlich fühlte sich mein Deutsch-Kurzhaar pudelwohl. Fast unmenschlich, sogar! Wie immer zog er, die Nase auf dem Boden, wie ein Staubsauger, seine Runden, lief von Baum zu Baum, markierte auf Teufel komm raus und war ausgesprochen aktiv. So wollte er auch nicht auf die alltäglichen Ball- und Stöckchenspiele verzichten. Kurzum: Er hatte einen Riesenspaß!

Es war einsam im Wald. Auf unserer gesamten Runde trafen wir keinen einzigen Menschen, aber wer ist schon so verrückt, bei diesem Wetter vor die Türe zu gehen? Einen kenne ich zumindest! Als ich bemerkte, dass meine

Nase drohte, zum Eiszapfen zu werden, beschloss ich, mich auf dem Heimweg zu machen. Im Gegensatz zu mir war Bill offenbar von dieser Entscheidung nicht angetan, denn er wollte den Weg zu unserer „großen Runde" einschlagen. Als ich ihn rief, kam er zwar sofort, schaute mich jedoch mit angewinkeltem Kopf fragend an. So nach dem Motto: „War es das schon?" – Ja, das war es, für mich sicherlich, und ich war heilfroh, als ich wieder zu Hause vor dem Kamin saß.

Stunden später. Es war Zeit, zu Bett zu gehen. Ich ließ Bill noch mal für ein „Kurzgeschäft" in den Garten. Einige Minuten später kam er wieder rein und lief ohne Umwege zu seinem Körbchen. Ich streichelte ihn wie gewöhnlich noch etwas, sagte „Gute Nacht" und verschwand meinerseits im Bett.

Der Radiowecker lies mich aufschrecken. Aufstehen – die erste Niederlage des Tages! Bill hatte meine ersten „Lebenszeichen" wahrgenommen und stand schwanzwedelnd neben mir, den Kopf auf den Bettrand gelegt, die großen, wunderschönen, bersteinfarbenen Augen auf mich fixiert, wartend auf das Kommando: „Komm her". Ein Hund im Bett. Nicht bei mir, nicht mit mir!

Fünf Sekunden später lag er neben mir. Natürlich war ich wieder einmal diesem „Anblick" erlegen. Außerdem ist Bill gerade morgens, so im eigen Halbschlaf, unwahrscheinlich „knuddelig". Er kuschelte sich gänzlich an meinen Körper und seufzte voller Genugtuung. Ich genoss ebenfalls die zehn Minuten bis zum zweiten Weckruf und nickte nochmals mit einem sehr wohligen Gefühl ein.

Der Wecker rief zum zweiten Mal. Ich kroch aus dem so warmen, weichen Bett und begab mich ins Bad, Bill im Schlepptau. Jetzt verlangte er nach seinen morgendlichen Streicheleinheiten, die er selbstverständlich auch bekam. Als ich so da saß und Bill abliebelte, bemerkte ich, das es draußen für diese Uhrzeit ungewöhnlich hell war. Hatte ich womöglich die falsche Weckzeit eingestellt? Ein Blick genügte, um mich vom Gegenteil zu überzeugen und den Grund der Helligkeit festzustellen. Es hatte in der Nacht geschneit. Und wie!

Die ganze Landschaft lag unter einem weißen Mantel aus Schnee. Es war ein wunderschöner Morgen. Die Wintersonne lacht mir entgegen und spiegelte sich auf den Kristallen des Pulverschnees. Ein glitzerndes, weißes Meer entfaltete seine Pracht vor meinen Augen. In Jägerkreisen nennen wir den Schnee auch den „weißen Spürhund", denn die Spuren im Schnee verraten das Wild, welches hier vorbeigezogen ist. Es ist wirklich interessant festzustellen, dass man dann auf einmal sieht, dass beispielsweise ein Marder oder Eichhörnchen im Garten gewesen ist – nur diesmal mit dem Unterschied, dass es an Hand der Spuren „sichtbar" wurde.

Bill hatte in seinem jungen Leben noch keinen Schnee gesehen und ich war gespannt, wie er darauf reagieren würde. Schnell zog ich mich an und dann ab nach draußen. Als ich Bill die Tür zum Garten öffnete, stürmte er nicht sofort ins Freie, sondern verharrte etwas verdutzt im Türrahmen. Man konnte förmlich an seinem Gesichtsausdruck sehen, wie er dachte: „Was ist denn das?", „Das sah doch gestern noch anders aus!" – In der Tat musste es ihm so vorkommen, denn die Landschaft bot in dieser Art ein vollkommen anderes Bild als sonst.

Vorsichtig ging er in Richtung seiner Lieblingshecke, schnupperte und schnupperte und schnupperte. Dann plötzlich wie von der Tarantel gestochen, flitzte er hin und her und animierte mich zum Spielen. Es machte ihm sichtlich Spaß, seine Haken ihm Schnee zu schlagen und die Schneeflocken zum Auseinanderbersten zu bringen.

Ich formte einen kleinen Schneeball und warf ihn in Bills Richtung. Er schnappte ihn mit seinem Maul und weg war er. Bill kriegte sich nicht mehr ein. Er wurde immer ausgelassener und stapfte, tobte durch den Schnee, immer schneller, immer wilder. Er raste durch die Hecken und genoss förmlich den Schneeguss, der hierdurch ausgelöst wurde. Kurzum: Bill hatte einen Heidenspaß. Jetzt machte das Spielen noch mehr Spaß als sonst und im Nu war Bill über und über mit Schneeflocken bedeckt. Auf seinem dunkelbraunen Fell sah dies einfach köstlich aus. Schnell wollte ich die Fotokamera holen, doch hatte Bill sich zwischenzeitlich schon geschüttelt, so dass die Flocken nicht mehr mit auf das Bild kamen.

Ich hatte Spaß, dass er so ausgelassen tobte und freute mich schon auf den abendlichen Spaziergang mit Brigitte und Bill durch Feld und Wald, durch eine unberührte Naturkulisse im weißen Kleid.

Das Modell

Ich bin schon jetzt überzeugt, dass dies wohl das subjektivste Kapitel dieses Buches sein wird. Obwohl, eigentlich auch wieder nicht, denn die Vorfälle, die ich nun schildern möchte, entsprechen der Wahrheit, nichts ist erfunden und somit kann man doch eher von einem objektiven Kapitel sprechen. Aber urteilen Sie lieber selbst!

Was ist denn so typisch für ein Modell? In meinem Beruf habe ich oft mit weiblichen Modells Kontakt. Sie sind ausgesprochen hübsch, haben eine glänzende Figur, aber das wichtigste ist Ihre Ausstrahlung. Besonders ist mir dies bei einem Modell namens „Kiki" aufgefallen. Ein Bild von einer jungen Frau, lange blonde Haare, ein strahlendes Lächeln, ein absolut perfekter Körper. Ich habe immer wieder gesagt und festgestellt, wenn Sie den Raum betritt, geht die Sonne auf. Mag sein, dass es sich jetzt vollkommen überzogen anhört, dies ist vielleicht auch so von mir beabsichtigt. Fakt ist jedoch, dass Sie eine unglaublich faszinierende Ausstrahlung hat und sofort gute Laune verbreitet, dort wo sie auftaucht. Erst kürzlich bin ich mir in einem italienischen Restaurant essen gewesen. Mit Betreten des Lokales stand sie im Mittelpunkt des Interesses. Man sah förmlich die Köpfe der Herren kreisen und verstohlene Blicke in unsere, in „Kikis" Richtung wandern. Aber nicht nur die Herren der Schöpfung schauten, auch den anwesenden Damen fiel ihre Erscheinung auf.

Also, nicht nur die Schönheit als solche sondern auch die Wirkung auf die Öffentlichkeit bzw. deren Reaktion sind typisch für Modells! Im Falle von „Kiki" finde ich dies auch ganz normal, doch will ich in diesem Kapitel nicht über sie sondern über ein anderes „Modell" berichten: Meinen Bill.

Nein, ich bin nicht vollkommen übergeschnappt, warten Sie ab und lesen Sie auf jeden Fall dieses Kapitel zu Ende. Ich bin sicher, dass Sie mir dann zustimmen werden. Gespannt?

Anfangen möchte ich in der Jugend von Bill. Ich hatte ihn gerade ein paar Tage lang und für mich war er natürlich der „Schönste". Gerade Welpen sehen ja unheimlich süß aus und haben eine ganz besondere Wirkung auf uns Menschen. Vielleicht kommt da ja der angeborene Beschützer- oder der Mutterinstinkt durch. Das Trockenfutter, welches ich vom Züchter bekommen hatte, ging zur Neige, so dass für Nachschub gesorgt werden musste. Ich fuhr also zum nächsten Tierfachgeschäft, in meinem Fall war dies der „Fressnapf". Gerade gut in der Tür, stürzte sich das Verkaufspersonal förmlich auf den kleinen Bill und begutachtete ihn. Die Chefin hatte ihn ganz besonders ins Herz geschlossen und von diesem Tage an hieß Bill dort nur noch „die Schönheit". Dies hat sich bis heute nicht geändert, eher sogar noch gesteigert und so heißt es heute noch, wenn ich zum „Fressnapf" gehe: „Die Schönheit ist wieder da!"

Bill war nun schon etliche Monat alt und es verging kein Spaziergang, bei dem ich nicht auf den Hund angesprochen worden bin. Sicherlich mag es auch darin liegen, dass die Rasse Deutsch-Kurzhaar in den hiesigen Breiten nicht so bekannt ist, doch möchte ich meinen, dass es zu einem großen Teil an Bill selber liegt. Eines

Tages, auf einer unserer Runden durch den städtischen Park, bemerkte ich, dass auf der angrenzenden Straße ein Auto langsam an uns vorbeifuhr. Plötzlich stoppte das Fahrzeug und setzte zurück. Ein junges Pärchen stieg aus und kam auf uns zu. Die Frau ergriff das Wort: „Entschuldigen Sie bitte. Wir haben gerade Ihren Hund bewundert. Was ist das denn für eine Rasse. Können wir uns ihn näher ansehen?" – „Natürlich!", sagte ich und gab bereitwillig und zugegebenermaßen auch sehr stolz Auskunft über Bill und die Rasse Deutsch-Kurzhaar.

Auf der ersten verbandseigenen Zuchtschau erhielt er in der Jugendklasse den Formwert „sehr gut" und der Richter meinte, dass er „sehr viel Adel" zeigen würde. Angespornt von diesem Ergebnis meldete ich Bill zur Bundessieger-Zuchtschau 2002 in Dortmund an. Für mich war dies auch eine Premiere. Noch nie zuvor war ich auf einer solchen Zuchtschau und ich sah mir mit großem Interesse das bunte Treiben an. Auf dem Parkplatz hatte ich bemerkt, dass viele Besucher Campingstühle dabei hatten, und habe mich spontan gefragt, was dies wohl solle? Später, in der Halle selbst, war mir dies dann klar geworden, denn überall war mit längeren Wartezeiten zu rechnen.

Die einzelnen Hunderassen waren auf mehreren Hallen aufgeteilt. Dort befanden sich entsprechende Bewertungsringe. Ein Blick in den Messekatalog zeigte mir den richtigen Weg zu „Bills Ring". Am Ring angekommen, stand neben mir ein Herr mit einem wunderschönen Deutsch-Kurzhaar Rüde. Wir kamen ins Gespräch und er erzählte mir, dass sein Hund der amtierende Weltmeister sei. Ich schluckte, denn dieser Hund startete in der selben Klasse wie mein Bill. Der

Rüde hatte wirklich einen formvollendeten, makellosen Körper – keine Schramme war zu sehen. Ich fragte, ob der Hund auch jagdlich eingesetzt wird. Der Herr verneinte diese Frage.

Schade, dachte ich bei mir, denn dies sollte bei der Rasse Deutsch-Kurzhaar eigentlich im Vordergrund stehen. Ich denke, wir brauchen gut ausgebildete, passionierte Hunde für die Jagdpraxis – wenn sie zudem auch noch ein tolles Aussehen haben, ist es um so besser. Absolute Priorität sollte jedoch die Jagdtauglichkeit haben.

Wie gesagt, es war unsere Premiere. Wir konnten nichts verlieren sondern nur gewinnen. Auch wies Bill einige Schrammen auf, die er sich beim jagdlichen Einsatz zugezogen hatte. „Was soll's", dachte ich, der Gesamteindruck stimmt, also wird es schon klappen. Mittlerweile hatte ich unsere Startnummer bekommen, wir waren jedoch noch nicht an der Reihe und ich hatte somit Zeit, mir anzuschauen, was dann so im Ring passieren würde. Mir fiel sofort auf, das es Gespanne gab, die anscheinend des öfteren an solchen Zuchtschauen teilnahmen. Am Hund konnte man dies besonders gut feststellen. Wie an einer unsichtbaren Schnur gezogen liefen sie ihre Runden ab, standen wie angewurzelt da und ließen sich begutachten.

Endlich war es soweit. Bill und ich waren an der Reihe! Schon nach der ersten Runde war mir klar, dass wir blutige Anfänger waren. Bill sah das Ganze mehr als Spiel an und wollte in seinem jugendlichen Leichtsinn lieber überall etwas schnuppern gehen. Ich, als Hundeführer, bekam Bill nicht in den Trablauf, na ja! Zumindest klappte es dann beim Positionsstehen sowie beim Blick in sein Maul, was Bill sich ohne Probleme gefallen ließ. Der Richter nickte, es war geschafft, wir konnten den Ring verlassen. Jedoch nicht ohne den Gedanken im Kopf: „Wenn das mal gut geht?" Und wider Erwarten ging es gut, um genau zu sein: Platz 2 hinter dem Weltmeister und den Formwert „Sehr gut"! Wenn das kein Erfolg war. Der erste Start bei einer Bundessieger-Zuchtschau und direkt auf das Treppchen und ein Jahr später stand er ganz oben, belegte den 1. Platz in der „Offenen Klasse".

Dies hatte wiederum die Folge, dass ich gefragt wurde, ob ich nicht meinen Rüden bei der Messe „Jagd & Hund" vorstellen könne. Hier sollten verschiedene Jagdhunderassen der breiten Öffentlichkeit vorgestellt werden. Gerne sagte ich zu, und wir fuhren erneut nach Dortmund, diesmal jedoch ohne „Prüfungsstress". Alles klappte wunderbar. Wir drehten unsere Runden auf dem Podest. Schnell hatte Bill seine Fans gefunden und als die Schau fertig war, wurde ich von mehreren Zuschauern angesprochen, mit der Absicht mir Bill abzukaufen.

In der Zwischenzeit hat Bill viele weitere Schönheitspreise gewonnen. Bei der Welt-Hunde-Ausstellung, die durch den Präsidenten des Deutsch-Kurzhaar-Verbandes Claus Kiefer gerichtet wurde, belegte Bill den zweiten Platz in der „Offenen Klasse" und insgesamt den vierten Platz. Dies wohlgemerkt im zarten Alter von zwei Jahren. Wir bekamen eine schöne Urkunde und eine Medaille am Band. Diese befestigte ich sofort an Bills Halsband, denn er hatte sie ja gewonnen und irgendwie, wahrscheinlich wohl meine Einbildung, hatte ich den Eindruck, dass Bill umherstolzierte. Im weiteren Verlauf der Messe wurde ich viele Male auf Bill angesprochen und Lob und Begeisterung regneten von allen Seiten auf uns nieder.

Mit zweieinhalb Jahren machte Bill wieder einen großen Wachstumsschub durch. Er wurde insgesamt „erwachsener". Die Brust wurde breiter, die

Muskelmasse wuchs und er wirkte insgesamt kompakter. Kurzum, er sah noch schöner aus. Dies wurde auf der Europasieger-Zuchtschau belohnt.

Bill belegte nicht nur den ersten Platz in seiner Klasse sondern erhielt ebenfalls eine Anwartschaft auf den Titel

„Deutscher Champion" und die Formwertnote: V - Vorzüglich 1! Sie können sich sicherlich vorstellen, wie stolz ich auf meinen Bill war.

Auf diesen Messen findet man in der Regel Menschen, die ein besonderes Fabel für Hunde haben. Bei jeder Schau, die ich bisher mit Bill besucht habe, konnte ich auf jeden Fall immer ein reges Interesse an meinem Hund feststellen.

Ich freue mich natürlich für Bill aber ebenso für Deutsch-Kurzhaar, denn diese Erfolge sind auch eine Werbung für die Rasse und den Verband. Aus diesem Grund hatte ich auch beschlossen, für Bill eine eigene Internet-Präsentation einzurichten.

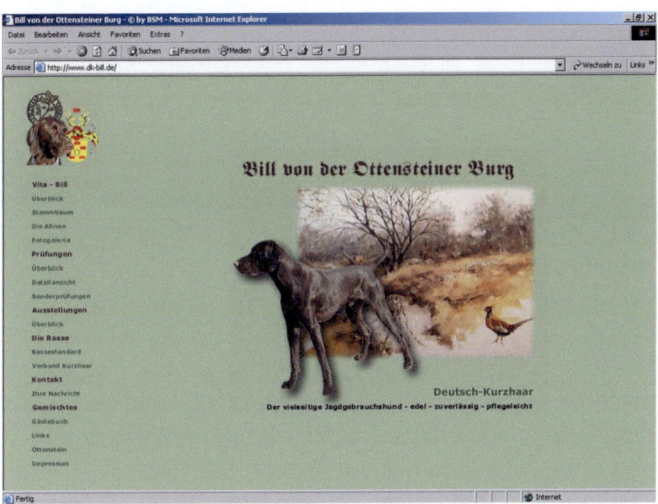

Unter www.dk-bill.de kann der Internetsurfer viele Informationen finden. Von Bills Ahnen, Herkunft, Prüfungen, Ausstellungen, Fotogalerien bis hin zu Infos über den DK-Verband sowie den Rassestandard. Durch Bills Homepage konnte ich sehr viele Kontakte zu anderen DK-Freunden in aller Welt knüpfen und habe schon zahlreiche Kaufangebote für Bill erhalten. Selbstverständlich habe ich diese stets freundlich aber bestimmt verneint – Bill würde ich niemals verkaufen, denn er ist nicht nur einfach ein Hund sondern ein Mitglied unserer Familie.

Vor einiger Zeit hatte ich mit einer alten Freundin telefoniert, von der ich schon Jahre nichts mehr gehört hatte. So wusste sie auch nichts von Bill. Natürlich erzählte ich von ihm und natürlich wollte sie mir nicht recht glauben, als ich ihr von dem Hund erzählte. Das konnte ich freilich nicht auf mir bzw. Bill sitzen lassen. So verabredeten wir uns zu einem Spaziergang. Ich freute mich schon sehr auf das Wiedersehen. Wir hatten uns an einem Gasthaus in Lichtenbusch verabredet und wollten von da aus in Richtung Monschau fahren.

Nachdem wir uns auf das Herzlichste begrüßt und festgestellt hatten, dass das Alter zumindest soweit an uns vorbeigegangen ist, dass wir uns auf Anhieb wieder erkannten, holte ich Bill aus dem Wagen. Für Monika war es Liebe auf den ersten Blick. Sie schaute Bill an und sagte: „Jetzt kann ich Dich verstehen! Er ist wirklich bildschön". Ich widersprach ihr natürlich nicht. Wir machten uns auf den Weg nach Monschau und spazierten durch die umliegenden Wälder. Hunger machte sich breit und so beschlossen wir, in der „Alten Herrlichkeit" im Zentrum von Monschau zu Mittag zu essen. Schon auf dem Weg zum Restaurant bemerkte Monika die Blicke der vorbeigehenden Passanten. „Was schauen, die denn so? – Haben die noch nie einen Hund gesehen?" fragte sie mich. „Nun ich habe es Dir ja gesagt und Du wolltest es nicht glauben. Jetzt kannst Du Dich selber davon überzeugen!" entgegnete ich ihr. Schließlich erreichten wir unser Ziel und nahmen ein ausgezeichnetes Essen zu uns. Besonders beeindruckt war Monika auch von der Tatsache, dass man im Restaurant absolut gar nichts von Bill mitbekam. Er legte sich wie gewohnt zu meinen Füßen und stand erst auf, nachdem ich ihm das Zeichen für den Aufbruch gab. Wir unterhielten uns noch Stunden über dies und das, kramten belustigt in alten Geschichten und hatten viel Spaß. Es war ein wirklich schöner Tag.

Besonders gefreut habe ich mich über die Nachricht von Herrn Bömeke, dem Herausgeber und Verlegers des Deutsch-Kurzhaar Jahres-Kalender, Bill für die Ausgabe 2005 aufzunehmen. So schließt sich der Kreis, denn auch ein Foto von Bills Vater, Ayko KS von der Ottensteiner Burg, ist bereits als Kalenderblatt erschienen.

Der Kalender ist mittlerweile zu einer Institution im Deutsch-Kurzhaar Verband geworden. Neben den quartalsmäßig erscheinenden „Kurzhaar-Blättern" und dem neuerdings vorhandenen Online-Archiv zur vorgenannten Printausgabe unter www.kurzhaar-blaetter.de, wird der Jahreskalender von Herrn Bömeke jeweils mit Spannung erwartet und schmückt so manche Wand von Jägerheimen. Nicht zuletzt ist er eine positive Werbung für die Rasse.

Neben dem Formwert sind ebenso die Ergebnisse der Jagdprüfungen und die Ahnentafel abgedruckt. Eine Voraussetzung für die Aufnahme in den Kalender ist das erfolgreiche Bestehen der VGP, der „Meisterprüfung". So ist auch hier wieder die Verknüpfung zwischen jagdlicher Höchstleistung und Schönheit der Rasse Deutsch-Kurzhaar auf wunderbare Weise gelungen.

Der Leser mag mir verzeihen, dass ich in diesem Kapitel so ins Schwärmen gekommen bin. Gehen Sie doch einfach einmal zu einer Zuchtschau und erleben Sie diese edlen Tiere hautnah sowie persönlich. Adressen und Informationen zu den Zuchtschauen erhalten Sie beim Deutsch-Kurz-Verband bzw. im Internet unter www.deutsch-kurzhaar.de

Und wer weiß, vielleicht können Sie mich dann besser verstehen!

www.deutsch-kurzhaar.de

www.kurzhaar-blaetter.de

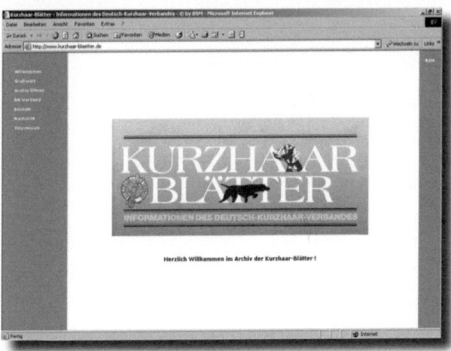

Reine Erziehungssache

Gar nicht so einfach, die Sache mit der Erziehung. Jeder hat hier wohl seine eigenen Methoden oder gar eigene Vorstellungen was Erziehung bedeutet. Bereits im Vorwort habe ich darauf hingewiesen, dass ich dieses Werk nicht als Fachbuch verstehe, sondern als Dokumentation des Lebens mit Bill.

Natürlich spielt hierbei auch die „Grunderziehung" und die jagdliche Ausbildung eine wichtige Rolle. Genau genommen hört das Lehren sowie Lernen eigentlich nie auf und dies, das möchte ich ausdrücklich betonen, gilt für beide Seiten, für Lehrer und Schüler, nur dass ab und zu die Rollen vertauscht sind.

Methoden gibt es wie Sand am Meer, und jeden Tag schießen neue hervor. Manchmal hat man den Eindruck, dass jeder, der weiß, dass ein Hund vier Beine hat, sich genötigt fühlt, ein Hunde-Abrichtbuch zu schreiben.

Als neuesten Auswuchs könnte man das Buch von Jürgen Höller bezeichnen, der vor Jahren einmal „Europas Motivationstrainer Nummer Eins" werden wollte, bevor er dann ins Gefängnis musste. Dies hat den Ruf jenes Mannes zumindest innerhalb der menschlichen Spezies nicht nachhaltig verbessert – und so ist Höller nun anscheinend auf den Hund gekommen.

Das Werk des Motivationslehrers trägt den ganz und gar ernst gemeinten Titel: „Wir schaffen es, Bello". Im Vorwort wird dort nichts weniger versprochen als schlicht die „Revolution in der Beziehung des Menschen zum Hund". Man sieht sie schon vor sich, die Hassos, die durch glühende Kohlen stapfen und dabei „Tschakaaa" zu bellen versuchen; und die Hectors, die in Kongresshallen zusammenlaufen, Carl Orffs Carmina Burana auflegen, sich mit christophdaumverdächtiger Stiere im Blick an den Schultern fassen und dann zusammen mit Herrchen „Ich bin bereit" jaulen.

Im Buch hört sich das dann so an: „Wenn ich mir denke, hoffentlich macht mir der Hund nicht bei Tante Emma rein, dann tun wir alles dafür, dass er auch wirklich rein macht. Denn ich dachte ja, hoffentlich macht er ‚nicht' rein. Das ist die Macht der Gedanken!

Nun ja, ich denke, dem ist nichts mehr hinzuzufügen – aber bitte, urteilen Sie selbst!

Dann gibt es Literatur, die das positive Denken aufgreifen, frei nach dem Motto: Das Glas ist nicht halb leer sondern halb voll – auf die Hundeausbildung bezogen, liest sich das wie folgt: „Gehen Sie stets mit positiven Gedanken zu Ihrem Hund. Der Hund ist zwar nicht gekommen, als Sie ihn riefen aber er ist auch nicht weggelaufen." – Na, ja ...!

Wie gesagt, Methoden gibt es viele, so beispielsweise auch Elektro-Reizgeräte für die Zeitgenossen, die schon immer mal ihrem Hund „eine verpassen" wollten. Vom schwachen Impuls bis hin zum starken „Teletakt" für die Hardcore-Fans. Aber keine Angst, die Geräte sind geprüft, der gefürchtete „Elektrosmog" bleibt auch auf Gesellschaftsjagden aus! Praktischerweise lehren diverse Hundetrainer nicht nur die „richtige" Hundeausbildung sondern verkaufen gleichzeitig auch die passenden Gerätschaften und wenn der Jäger, in den Rüben steckend, nicht mehr weiter weiß, fehlt natürlich auch die „0190..." Nummer für ein paar Euro pro Minute nicht, die dann zur „Hunde-Notfall-Hotline" mutiert. Na, da haben wir doch schon immer drauf gewartet!

Da fragt man sich doch unwillkürlich, wie soll es auf der Jagd heute aussehen? Das Handy am Ohr, in der linken Hand die einläufige Repetierflinte für den schnellen „fünften Schuss" und in der rechten Hand die „Fernbedienung" für den Hund? Na ja, aber „schick" ist es!

Für den gestressten Großstadt-Yuppie mit Hundeanhang gibt es neuerdings etwas ganz besonders „Schickes", ein wahres „Power-Schnäppchen". Kann man das Bellen des Hundes einfach nicht mehr hören bzw. ertragen, wird im flugs ein „Energy-High-Tec Halsband" mit zahlreichen Sensoren umgelegt. Bellt der Hund, fließt der Strom. Der Stromimpuls erhöht sich automatisch mit der Häufigkeit des Bellens. Na, ist das nicht prima ...?

Wie heißt es so schön bei der Ansprache zu Beginn einer jeden Treibjagd: „Jeder ist für seinen Schuss verantwortlich!". Ich denke, dies kann man auch den Bereich der Hundeerziehung anwenden, denn hier gilt sicherlich, dass jeder für das verantwortlich ist, was er sich und seinem Hund antun will!

Gott sei Dank gibt es viele Lehrmethoden, aus denen man die „richtige" für sich auswählen kann, vielleicht sogar auch eine Kombination aus verschiedenen Methoden. Da wäre unter Anderem das „Clicker-Training", das „Halti-Training" oder der „Futterbeutel" um nur einige „neue" Methoden zu nennen. Fast zu jeder Art gibt es ausführliche Literatur, in der man nach Herzens Lust stöbern kann.

Ich möchte an dieser Stelle zwei Bücher erwähnen. Dort habe ich viel Interessantes sowie Wissenswerte gefunden und nehme sie immer mal wieder mit viel Freude zur Hand. Zum einen „Hunderziehung" von Sabine Winkler und „Vom Welpen zum Jagdhelfer" von Hans-Jürgen Markmann. Letzteres ist auch wunderschön bebildert. Ich habe jedoch auch die Erfahrung gemacht, dass es nicht sinnvoll ist, ein Buch, welches auch immer, zur Bibel hochzujubeln. Man muss nicht alles assimilieren, was da geschrieben steht. Einen kritischen Umgang mit dem Geschriebenen halte ich immer für durchaus angebracht. Zwei Beispiele hierzu: Zitat: „hundegerecht und ohne jeden Zwang" – ich denke hingegen, dass ein gewisser Zwang von Nöten ist, beispielsweise beim „Apport"! Zum Thema „Der erste Schuss": Dies soll nach Angaben des Autors im Alter von acht bis neun Wochen geschehen. Für mein Empfinden viel zu früh!

Nun, ich bin Erstlingsführer und von daher auch nicht die personifizierte „Fachkompetenz" auf dem Gebiet der Hundeerziehung. Aber ein bestimmtes Maß an Eigenverantwortung, logischem Sachverstand und Erfahrungswerten sind, so denke ich zumindest, auch einem „Neuling" auf diesem Gebiet nicht gänzlich abzusprechen. Bei der Ausbildung von Bill habe auch ich einen Lernprozess durchlaufen und ich bin froh, ob dieser schönen und lehrreichen Zeit.

Auf Grund der mannigfachen Lernmethoden und Bücher zu diesem Thema besteht für jeden die Möglichkeit, sich nach seinen persönlichen Vorstellungen zu verwirklichen.

Ich habe für mich und Bill ebenfalls einen Weg gefunden, diesen eingeschlagen und bin voll und ganz damit zufrieden. Er weicht zwar mitunter sehr von den herkömmlichen Vorstellungen ab, jedoch ist und war er für mich die richtige Entscheidung, zumal ich dies heute mit zeitlichem Abstand gut bewerten kann.

Zuerst einmal habe ich zwischen zwei Ausbildungen grundsätzlich unterschieden: Erstens, der allgemeinen Erziehung und zweitens der jagdlichen Lehre. Besonders wichtig war für mich jedoch die Prägungsphase des Hundes. Hier hieß es eine Beziehung zum Hund aufzubauen. Bill wiederum, hatte seine Rolle innerhalb der Familie zu finden und sollte mich als Rudelführer ansehen.

Ich persönlich halte nichts davon, die Welpen zu früh an die „Kandare" zu nehmen. Ich finde es vielmehr richtig, Ihnen die „Kindheit" zu lassen und sich wirklich in den ersten Monaten um die Mensch-Tier Beziehung zu kümmern. Ein Welpe muss nicht mit 8 Wochen neben der Flinte sitzen und mit 12 Wochen apportieren oder mit 16 Wochen das erste Mal zur Drückjagd auf Schwarzwild eingesetzt werden. Das Belassen der „Kindheit" schließt natürlich Erziehungsmaßnahmen nicht aus, allerdings sollten diese „sanft" und für den Welpen mit viel Freude verbunden sein. Hier denke ich beispielsweise an die Stubenreinheit, denn es will wohl niemand, dass sein Hund noch mit 6 Monaten ins Haus macht.

So war es nun für mich das wichtigste Ziel, Bill „salonfähig" zu machen. Dies beziehe ich zuerst auf den Umgang im Haus und in der Familie, dann in der allgemeinen Öffentlichkeit sowie auf den Umgang mit Artgenossen. Ein soziales Verhalten ist für mich eine Grundbedingung im täglichen Miteinander und wenn Sie so wollen, ist dies ja auch zum großen Teil Erziehungssache. In diesem Sinne teilte Bill wirklich unser Familienleben, er kam mit zu Freunden, Bekannten und wenn wir mal in den Biergarten gingen, gehörte er selbstverständlich dazu. Bill lernte „seine Verhaltensregeln" im Miteinander, sich beispielsweise im Restaurant sofort hinzulegen und nicht zu betteln, nicht aufzuspringen oder aggressiv zu reagieren, wenn die Kellnerin flotten Schrittes auf uns zukam, was aus Hundesicht durchaus als Bedrohung gewertet werden kann. So lernte er sich „spielerisch" in der „Mensch-Hund" Welt zurechtzufinden. Vor allem aber bekam er das Gefühl, Teil einer Gemeinschaft zu sein und was noch viel wichtiger war, es wuchs ein solides Vertrauen zu seinem Rudelführer. Dies konnte für die kommende Ausbildung nur von Vorteil sein.

In diesem Zusammenhang möchte ich auf das Kapitel „Drinnen oder draußen" verweisen. Hier habe ich mich ausführlich mit dem Thema „Sozialumfeld" beschäftigt und meine Erfahrungen mit Bill geschildert.

Die ersten zwei Monate mit Bill waren geprägt vom Spiel. Langsam aber stetig verringerte ich die Spieleinheiten und ersetzte sie durch Lerneinheiten. Einheiten, die jedoch über den ganzen Tag verteilt waren. Ich halte es für besser 12 x 5 Minuten, beispielsweise „Sitz" zu üben als 1 x 1 Stunde lang. Weiterhin habe ich versucht, mich möglichst strikt an die nachfolgenden sieben Regeloberbegriffe zu halten:

Geduld

Konsequenz

Wiederholung

Selbstdisziplin

Spaß

Belohnung

Verknüpfungsbedingte Bestrafung

Verhalten und Körpersprache unserer Hunde stammen von ihren Ahnen, den Wölfen. Diese erziehen ihre Nachkommenschaft konsequent und nicht antiautoritär. Bereits der Welpe hat sich in die soziale Organisationsstruktur des Rudels einzufügen und weiß so nach kurzer Zeit, wo sein Platz im Rudel ist. Ein Hund, der ohne Erziehung aufwächst ist arm dran, denn er fühlt keine Ordnung, die für ihn so wichtig ist.

Man braucht viel, sehr viel Geduld. Selbst die allgemeine Ausbildung ist eine extrem zeitaufwendige Angelegenheit. Der Welpe lernt nicht alle Kommandos gleich gut. Das eine versteht er im Nu, das andere erst nach zahlreichen Wiederholungen. Hierbei ist gerade die Konsequenz ein maßgeblicher Faktor. Daher sollte ein gegebenes Kommando auch stets durchgesetzt werden.

Die Ausbildung soll dem Hund aber auch Freude, Spaß bereiten und gegen ein Spielchen nach Ende der Übungen ist gar nichts einzuwenden – im Gegenteil!

Bei der Selbstdisziplin ist der Mensch im höchsten Maße gefordert und auch ich musste „Lehrgeld" zahlen. Anderseits, so sollte es auf jeden Fall sein, lernt man ja aus den eigenen Fehler am besten. Was war passiert? Nun, es war ein Vorfall, der vielleicht schon vielen Welpenbesitzern in der Ausbildung so vorgekommen ist. Bill und ich waren im Feld unterwegs, hatten bereits etliche Spiel- und Lerneinheiten erfolgreich hinter uns gebracht und waren in Richtung Heimat unterwegs. Plötzlich stand Bill vor und im nächsten Moment preschte er davon, geradewegs auf eine Hecke zu. Ein Fasan erhob sich mit lauten Gekrächze und strich ab. Bill hinterher. Weg war er!

Natürlich hatte ich sofort das „Halt" Kommando gegeben, gefolgt von „Down" und Pfiffen aus der Hundepfeife. Keine Reaktion! Bill stellte die Ohren auf „Durchzug" und hatte offensichtlich nur noch die Beute, den Fasan, im Kopf. Ich war sauer, ich hätte den Hund „erwürgen können" (natürlich nur in Gedanken). Schluss war es mit der gemeinsamen Jagd. Der pure Egoist, der Ur-Instinkt des Jägers war stärker als mein Kommando. Ich rief und rief und pfiff und pfiff. Bill kam nicht zurück sondern verfolgte immer noch den Fasan.

In diesen Situation, ich weiß auch nicht warum gerade dann, kamen Spaziergänger des Weges. „Suchen Sie Ihren Hund?", fragte die Dame. Ich spürte förmlich den spöttischen Unterton in Ihrer Stimme. Wie heißt es so schön: „Wer den Schaden hat . . . „ – „Da ist ein brauner

Hund in Richtung Wald unterwegs!" schob der Ehemann, mit einem Schmunzeln auf den Wangen, hinterher. „Danke! Sehr freundlich von Ihnen.", erwiderte ich zähneknirschend und überlegte mir insgeheim, den Hund nicht zu „erwürgen" sondern zu „erschießen". Zeit für eine Zigarette!

Ich wartete. Nach der dritten Zigarette kam etwas kleines Braunes schnell auf mich zu gelaufen. Es wurde größer und größer. Es war Bill. Jetzt war er in unmittelbarer Reichweite und kam vollkommen verdreckt, aus der Puste und schwanzwedelnd zu mir. Ich nahm ihn sofort an die Leine, schimpfte mit ihm auf das Ärgste und haute ihm mit der Hand auf seine Batzen. In diesem Moment fand ich meine Reaktion richtig, aber eigentlich hätte ich einen „Schlag" auf den „Hosenboden" gebraucht, denn meine Handlungsweise war vollkommen falsch. Dies merkte ich noch am selben Abend.

Wir waren schon lange wieder zu Hause. Ich saß auf der Couch im Wohnzimmer. Bill lag in der Diele in seinem Körbchen. Ich rief ihn und hörte, wie er sich sofort in Bewegung setzte. Dann sah ich ihn um die Ecke kommen, aber dann, dann blieb er ein paar Meter vor mir stehen und verharrte mit eingeklemmten Schwanz an dieser Stelle. Da wurde mir schlagartig bewusst, dass ich einen Fehler gemacht hatte, genauer gesagt sogar zwei. Fehler Eins: Ich habe Bill bestraft, als er zu mir kam. Fehler Zwei: Ich habe ihn bestraft obwohl er keine Verknüpfung mit der Ursache herstellen konnte. Dies führte dazu, dass Bill die Bestrafung mit seinem Kommen zu mir verknüpft hat. Folglich stoppte er jetzt, Meter vor mir, weil er Angst hatte, zu mir zu kommen, Angst davor wieder ein paar auf den „Hosenboden" zu kriegen. Das sollte mir nie wieder passieren! Von nun an lobte ich Bill immer überschwänglich, wenn ich ihn rief und er zu mir kam. Schon nach wenigen Tagen war alles vergessen und ich hatte „meine Lektion" gelernt.

Für die allgemeine Hundeerziehung habe ich die folgenden Kommandos verwendet:

„Bill"
Du bist gemeint

„Pass auf"
Achtung: Schau mich an und konzentriere Dich

„Hier" oder „Komm her"
Komm schnell zu mir, egal was Du gerade tust

„Warte" oder „Bleib"
Folge mir nicht, bleib wo Du bist

„Aus"
Lass das sofort los!

„Brav"
Das machst Du gut

„Super"
Das war eine tolle Leistung. Steigerung von „Brav"

„Fein"
Jetzt mach ich Dich schön. Körperpflege
„Nein"
Das darfst Du nicht.

„Pfui"

Verstärkung von „Nein" – Höre sofort damit auf!

„Sitz"

Setz Dich sofort hin

„Legen"

Lege Dich sofort hin

„Down"

Verstärkung von „Legen". Lege Dich sofort hin und bleibe solange liegen, bis ich Dich hole

„Bei Fuß"

Komme an meine linke Seite, gehe in meinem Schritt-Tempo, weiche nicht von dieser Seite und wenn ich halt mache, setze Dich sofort hin.

„Lauf"

Laufe wie Du willst, hebt das Kommando „Bei Fuß" auf

„Hopp"

Über oder auf einen Gegenstand springen

„Okay"

Hebt alle Verbote auf. Ich lasse ihm seinen Willen

„Lecker"

Gehe essen

„Wasser"

Gehe Wasser trinken

„Pi-Pi"
Trete aus (siehe Kapitel „Die ersten Tage")

„Vorsicht"
Langsam, gehe in Deckung

„Ball"
Hole den nächstgelegenen Ball

Hinzu kamen noch die jagdlichen Kommandos, wie beispielsweise „Apport" oder „Voran", auf die ich aber in diesem Kapitel nicht eingehen möchte.

Vielmehr möchte ich von den Eindrücken berichten, die unser „Mensch-Hundgespann" beim „Studium" der Kommandos hatte. Grundsätzlich galt und gilt, dass ich die Befehle in normaler Lautstärke gebe, denn ansonsten würde ich mich selbst der Chance einer Befehlssteigerung berauben. Der Hund kann nämlich sehr wohl und sehr gut den Klang der menschlichen Stimme deuten.

Bill reagiert auch sehr unterschiedlich auf die einzelnen Kommandos. So sind beispielsweise die Befehle „Down" und „Pfui" sehr „intensiv" für ihn. Dies sieht man sofort an seiner ganzen Körperhaltung und seinem Verhalten. Andere Befehle nimmt er schon mal auf „die leichte Schulter", nicht das er sie nicht ausführt, man hat nur den Eindruck, dass die Wirkung nicht so „tief" geht. Sicherlich ist dies schwer zu beschreiben, doch jeder, der schon einmal Hunde beobachtet hat, kann dies bestimmt nachvollziehen.

Ein sehr interessantes Kommando ist „Okay", denn es kann bei vielen Gelegenheiten benutzt werden. Gerne möchte ich dies an einem schönen Beispiel verdeutlichen, dass allerdings eine traurige Vorgeschichte hat:

Die Gedanken eines Menschen sind oft unergründlich, vor allem die Abgründe, die sich auftun, wenn man so manches sieht, liest oder erlebt. So war es auch im Herbst 2001. Zuerst traute ich meinen Ohren nicht, als ich auf einem meiner Spaziergänge mit Bill eine kleine Gruppe von Hundehaltern traf, die sich sehr erregt unterhielten. Ich wusste gar nicht wie mir geschah, als man mich sofort in das Gespräch einband. „Haben Sie schon gehört, so ein Schwein hat Giftköder ausgelegt und ein Hund ist schon elendig eingegangen." Die Menge war sehr erzürnt und es wurde heftig diskutiert. Ich frage mich: „Was bewegt einen Menschen dazu, unschuldige und auf ihre Weise hilflose Geschöpfe, zu vergiften. Was muss sich im Inneren eines solchen Menschen abspielen, wenn er daran Freude findet, sich auf diese Art und Weise Befriedigung zu beschaffen." - Ich verstehe es nicht, vielleicht möchte ich es auch nicht!

In diesem Herbst wurden 12 Hunde zum Opfer. 12 Mensch-Hunde Dramen! Unglaublich! Leider konnte die Polizei den Täter bis heute nicht ermitteln und dingfest machen. Hoffentlich gelingt dies bald. Dem Täter kann man fast nur wünschen, dass ihn nicht irgendwann einmal ein Hundebesitzer erwischt!

Für mich hatte dieses Ereignis zwei Auswirkungen. Ich mied den Platz um das „vergiftete" Waldgebiet und lehrte Bill sehr eindringlich, keine Nahrung vom Boden und von anderen Personen zu nehmen. Eine Übung, die sehr viel Zeit in Anspruch nahm. „So schwer kann das doch nicht sein", dachte ich bei mir, aber weit gefehlt. Die Schwierigkeit war, dies zu jeder Zeit, bei jeder Person, bei jedweder Verführung, also auch bei jedem „Leckerchen" in Anwendung zu bringen! Irgendwie muss man anfangen und so ging ich in die Küche, öffnete den Kühlschrank und nahm einige Stücke des Rindergulaschs, die eigentlich für das nächste Mittagessen bestimmt waren, heraus. Die Versuchung sollte ja sehr groß sein und rohes Rindfleisch mag Bill ganz besonders.

Bill kannte den Klang der Kühlschranktür ganz genau, stand sofort neben mir und hob schnüffelnd seine Nase. Ich ließ ein Stück auf den Boden fallen und eh ich mich versah war es weg. Keine Zeit für das Kommando! Das zweite Stück fiel etwas weiter zu Boden und als Bill zupacken wollte, rief ich „Pfui". Eine kurze Reaktion folgte, doch die Verknüpfung war wohl nicht für den Hund nachvollziehbar. Das nächste Gulaschstück fiel, das Ergebnis war nicht viel besser. Mit und mit leerte sich die Fleischtüte und füllte sich Bills Magen. Sicherlich hat er gedacht: „Was für ein komisches Spiel. Aber wenn's schmeckt...". Ich stieß auf wenig Verständnis, weder bei Bill noch bei Brigitte, die sich des nächsten Mittagessen beraubt sah. So stand mein nächster Job schon fest: Ersatz besorgen!

Konsequenz bedeutet: Am Ball bleiben, nicht aufgeben! So fuhr ich also zur Freude des Metzgers und Bills mit dem Fleisch-Unterricht fort. Und siehe da, erste Erfolge stellten sich ein! Doch es waren noch sehr viele Versuche von Nöten, bis es gut klappte, denn das Ziel war es ja, dass Bill das Gewünschte tat, ohne das Kommando

„Pfui" zu hören, also von sich aus, eigenständig, die Nahrungsaufnahme zu verweigern. Ferner sollte er, für den Fall meines Beiseins, mich anschauen, auf ein Erlaubniskommando warten und dies dann entsprechend ausführen. Also, eine ganze Menge Lernstoff für so einen kleinen, jungen Hund.

Es machte mir ein Riesenvergnügen, ihm dies beizubringen, da es auch für mich eine neue Lehr-Herausforderung war. Bill lernte eifrig und schon bald kamen wir gemeinsam unserem Ziel näher. Das sah dann so aus: Ich rief Bill, legte ein Stück Rindfleisch auf den Boden und er machte keine Anstalten es aufzunehmen sondern sah mich aufmerksam an, auf mein Kommando wartend. Ich gab den Befehl „Okay" und Bill nahm sofort das Stück Fleisch auf. Prima! - So sollte es sein! Anschließend haben wir dies mit zahlreichen Testpersonen ausprobiert. Wenn ich, als Rudelführer, etwas aus meiner Hand reiche, zögert er natürlich nicht und nimmt es sofort auf. Das heißt, Bill musste bei dieser Übung eine sehr komplexe Gedankenstruktur entwickeln.

Über die Jahre verteilt haben wir die Übung verfeinert und sie läuft heute perfekt ab. Bill nimmt nichts mehr an, egal von wem, egal was es ist – erst dann wenn ich „Okay" sage. Für mich ein Stück mehr Sicherheit, dass er keine Giftköder aufnimmt. Ohne Absicht haben wir damit aber auch einen „Gag" entwickelt, der schon bei vielen Anlässen der „Knaller" war. Wenn wir unterwegs, bei Bekannten oder Freunden sind, wird Bill meistens irgendein „Leckerchen" gereicht. Bill verweigerte mittlerweile nicht nur die Aufnahme sondern dreht absolut demonstrativ seinen Kopf weit weg und schaut mich anschließend fragend an. Ein Bild für die Götter!

Nachdem ich das Kommando „Okay" gebe, nimmt er das ihm gereichte „Leckerchen" auf. Die Verblüffung ist riesengroß, wird jedoch noch größer, wenn das zweite leckere Etwas kommt, denn Bill reagiert immer wieder aufs Neue, wie gerade beschrieben und wer erwartet: Einmal „Okay" gesagt, gilt für immer. Nein, nein – nicht mit Bill!

Reine Erziehungssache!

Das Leben ist ein einziges Spiel

Schön, wenn man dies sagen kann und manchmal habe ich den Eindruck, als ob Bill dieses Motto verinnerlicht hätte. Seine große Leidenschaft sind Bälle! In jeder Größe, aus jedem Material, mit oder ohne Füllung – Hauptsache Ball.

An eine Geschichte erinnere ich mich ganz besonders gerne, obwohl sie zugegebenermaßen auch sehr peinlich war. Alle Beteiligten nahmen es aber mit Humor und so war ein Happy-End die Folge. Bill war ca. fünf Monate alt. Es war an einem herrlichen Sonntag im Sommer. Brigitte und ich überlegten, was wir denn mit den Kindern unternehmen könnten, ohne den Hund zu vernachlässigen. Spaziergehen war für die Kids zu öde. Zwar war die Begeisterung für Bill immer noch da, aber sie erstreckte sich auf nichts, was mit Arbeit oder größerem Zeiteinsatz zu tun hatte.

So beschlossen wir, mit den Kindern zum Minigolf ins Naherholungsgebiet zu fahren. Zu diesem Zeitpunkt wussten wir ja noch nicht, dass es mit der Erholung nichts werden sollte. Das Gelände war gut besucht, trotzdem bekamen wir sofort einen Platz zugewiesen. Ich war für die Notation der Punkte zuständig, Judith schnappte sich Schläger und Ball und ab ging es in Richtung Minigolf-Platz. Alles war prima: Es war warm, ein leises Lüftchen wehte, die Sonne schien und die Strahlen brachen sich an den Laubblattdächern der umliegenden Bäume, denn der Platz lag inmitten eines uralten Baumbestandes. Die Kinder waren auch ruhig, kein Zank, kein Gezeter! Warum konnte es nicht so bleiben?

Bahn Nummer 1. Es konnte losgehen. Die Regeln waren klar, die Laufbahn des Golfballs weniger. So waren schnell mehr Schläge nötig als veranschlagt. Bill machte dies nichts aus. Er lief tollpatschig umher, schnüffelte mal hier, mal da und hatte offensichtlich großes Interesse an dem Treiben auf dem Platz aber vor allem an dem Golfball, der da vor seinen Augen hin und her kullerte. Er war zwar an seiner Leine, aber versuchte immer wieder auf die Spielbahn zu hopsen, um sich den Ball einzuverleiben.

Mittlerweile waren wir schon auf Bahn Nummer sechs und die Streitigkeiten zwischen den Geschwister fingen an, fühlte sich doch jeder irgendwie benachteiligt, beim Abschlag, in der Reihenfolge usw. usw. Gründe finden sich ja immer, wenn man will oder besser gesagt nicht will. Brigitte und ich spielten tapfer weiter. Judith hatte es sich zur Aufgabe gemacht Bill zu betreuen, der immer noch „scharf" auf den Golfball war.

Dann kam es, wie es kommen sollte, kommen musste, wer weiß? – Bill's kleines Köpfchen flutschte durch die Leine und weg war er. Nein, nein – keine Sorge! Nicht weit weg, nur auf der Bahn des Spielnachbars, dort befand sich ebenfalls ein Pärchen mit zwei Kindern. Da standen sie, vollkommen überrascht und sprachlos. Die Mundwinkel zogen sich nach unten, aber nur, um sich im nächsten Moment in ein breites Grinsen zu verwandeln und dann in schallendes Lachen.

Was war passiert? Bill hatte die Jagdsaison auf Minigolfbälle eröffnet. Die Dame hatte den Ball in Richtung Ziel geschlagen doch Bill war schwups dazwischengesprungen, hatte den Ball mit seinem Maul geschnappt und schon war er unterwegs zur nächsten Bahn. Judith und die Kinder von nebenan hinter ihm her. Dies beeindruckte „unseren Kleinen" jedoch nicht im Geringsten, denn schon hatte er den nächsten Ball „kassiert". So ging es dann von Bahn zu Bahn. Plötzlich stoppte er an einem Busch und fing wie wild an, mit seinen Pfoten den Boden umzugraben. Sie werden nicht glauben, was dann zum Vorschein kam: Ein Minigolfball. Jetzt hatten wir zwei Bälle und Bill mittlerweile wieder an der Leine. Erfreulicherweise hatten alle Gäste dies mit Humor genommen und sich eher köstlich amüsiert als geärgert. Ja, ja Bill und seine Bälle.

In den Osterferien besuchte ich einen Kunden von mir, die Fußballschule Arenz-Kleff. Seinerzeit gastierte die Schule in meiner Heimatstadt und so nutzte ich die Gelegenheit den Spaziergang mit Bill bis zum Stadion auszudehnen. Klaus Arenz sowie Wolfgang Kleff, die Torwartlegende vom Bökelberg, kannten Bill bereits bestens und waren sozusagen Fans von ihm, zumal sie ja dieselbe Passion teilten. Das Spiel mit dem Ball. Als der Hund die beiden sah, freute er sich sichtlich und wedelte mit dem Schwanz, wusste er doch genau, dass Klaus und Wolfgang immer mit ihm spielten. Heute hatte Bill ganz besonderes Glück. Überall flogen die Bälle nur so durch die Luft, die Kinder spielten Kurz- und Doppelpässe, übten den Elfmeterschuss und ich hatte Mühe, den Hund zu beruhigen.

Der Kurs war zu Ende und Klaus brachte einen Ball mit, der etwas in Mitleidenschaft gezogen war. „Da kann Bill ruhig mit spielen und reinbeißen", sagte er und schoss den Ball weit hinaus auf die Rasenfläche. Ich schnallte Bill und er flog förmlich in Richtung dem rollenden Ball.

Sekunden später stand er wieder vor uns, ließ den Ball fallen und animierte uns weiter zu spielen.

Natürlich taten wir ihm den Gefallen. Es ging nach rechts, nach links und Bill konnte kein Ende finden. Wir hatten alle sehr viel Spaß an dem lustigen Treiben und der Ausdauer, mit der Bill den Ball verfolgte. „Bill sieht super elegant aus, wenn er läuft!" meinte Klaus. „...und mit welcher Geschwindigkeit und Wendigkeit!" schob er noch hinterher. Ich hatte noch einen weiteren Termin, so musste ich dann leider das Spiel beenden. „Den Ball kannst Du mitnehmen, Dieter. Ich schenke ihn Bill!" rief Klaus. „Das wird ihn freuen. Danke!" erwiderte ich, nahm den Ball, Bill und machte mich auf den Weg zum nächsten Kunden.

Am Abend, wieder zu Hause angelangt, flitzte Bill sofort mit seinem neuen „Spielzeug" in den Garten. Wild herumspringend gestikulierte er, dass ich mich am Spiel beteiligen sollte. Den ganzen Abend drehte sich bei Bill alles um den Ball und ich war froh, dass er zwischendurch etwas fraß und sich dann zu meinen Füßen hinlegte, während ich einen Westernklassiker im Fernsehen verfolgte. Es war schon spät, der Abendspaziergang mit Bill lag hinter mir und es war Zeit zu Bett zu gehen. „Komm, wir gehen schlafen, Bill" rief ich und der Hund lief direkt in sein Körbchen, dass zu jener Zeit im Schlafzimmer stand, da das Kaminzimmer renoviert wurde. Üblicherweise lese ich noch ein wenig im Bett und so war es auch an diesem Abend. Bill lag friedlich in seinem Korb. Einige Minuten später sprang er plötzlich auf und lief in Richtung Wohnzimmer. „Ob er draußen was gehört hat?", dachte ich so bei mir. Weit gefehlt. Ich konnte mir ein Schmunzeln nicht verkneifen, als ich Bill sah, wie er wieder ins Schlafzimmer gelaufen kam. In seinem Maul, den Ball haltend. Er legte ihn in sein Körbchen, rollte sich zusammen und schlief zufrieden und beruhigt ein! Ja, ja Bill und seine Bälle.

Es war im Sommer 2002. Bill war knapp anderthalb Jahre alt und erlebte seinen zweiten Sommer. Sommerzeit ist Grillzeit. So folgten auch wir einer Einladung zur Garten-Grillparty. Ich fragte, ob ich Bill mitbringen könne. Die Gastgeber erklärten sich spontan einverstanden und meinten, dass die Kinder mit ihm spielen könnten. Gesagt – getan. Der Samstag Abend kam und wir machten uns auf den Weg. Es war ein wunderschöner, lauer Sommerabend, der förmlich dazu einlud, sich im Freien aufzuhalten. Der Grill war schon angeworfen und es duftete köstlich. Die meisten Gäste waren eingetroffen und es schien ein harmonisches, schönes Fest zu werden. Im Garten standen etliche Sitzbänke und Möbelgarnituren. Einige Kinder spielten am Rande des Gartens unter einer großen, alten Eiche. Bill war schnell Mittelpunkt des Geschehens und gern gesehener Spielgefährte. Er tobte mit den Kindern herum. Alle hatten einen Riesenspaß. Ein kleines Mädchen löste sich aus der Gruppe und kam auf mich zu gelaufen: „Kann der Bill auch Fußball spielen?", fragte sie. Ich erwiderte: „Weißt Du, so richtig Fußball spielen kann er zwar nicht, aber wenn Du einen Ball wegschießt, kann Bill ihn fangen und Dir wieder bringen." „Oh prima!", hörte ich nur noch und schon war die Kleine verschwunden.

Das Essen war zwischenzeitlich fertig. Der Andrang war riesengroß. Besonders die Kinder hatten sich schon auf die braun gebrutzelten Würstchen, den Kartoffelsalat sowie allerlei andere Köstlichkeiten gefreut und standen ungeduldig am Grill. Bill hatte derweil Pause und nutzte sie für ein kleines Nickerchen.

So ein Würstchen ist ja schnell verdrückt. Es dauerte nur wenige Minuten bis sich die ganze Kinderschar wieder auf Bill stürzte und mit dem Spielen fortfuhr. Eines der Kinder hatte mehrere Bälle besorgt und so ging es mit lautem Kreischen über Stock und Stein. Die Bälle flogen, Bill und die Kinder hinterher.

Auf einmal landete ein großer Plastikball im Gartenteich. Ganz mutig sprang Bill hinterher, das Wasser platsche auseinander, Bill packte den Ball, es machte „Zisch", die Luft war draußen, der Ball kaputt, Bill pitschnass und sich schüttelnd auf der Wiese, die nebenstehenden Damen entsetzt in ihren weißen Hosen und Kleidchen, die Kinder der Gastgeber weinend wegen des kaputten Balles, die Gastgeber selber in heller Aufregung, Brigitte knallrot ob der Peinlichkeit und ich darum bemüht Bill an die Leine zu nehmen. - Der Abend war gelaufen!

Am kommenden Montag kaufte ich direkt einen neuen Ball und brachte ihn den Kindern, die sich sehr darüber freuten. Der Gastgeberin schenkte ich ein schönen Blumenstrauß. Sie nahm in dankend an, lachte und meinte es sei doch gar nicht so schlimm gewesen. Nur eine erneute Einladung steht bis heute noch aus! Vielleicht auch besser so!

Ja, ja Bill und seine Bälle. Wirklich ein Kapitel für sich!

Der Riesen-Teckel

„Herzlich Willkommen zum Begleithundelehrgang der DTK Gruppe Dreiländereck e.V." - So hieß es am 13. April 2003 in Aachen! Mein langjähriger Jagdfreund Josef, Vorsitzender des Vereins, hatte Bill und mich eingeladen, an einem Begleithundelehrgang der Gruppe teilzunehmen. Ganz spontan sagte ich zu, obwohl hierzu keine gesetzliche Notwendigkeit bestand (siehe Hundeverordnung).

Mein Beweggrund war ganz anderer Natur. Es war vielmehr die Überzeugung, dass "Lernen und Lehren" nie unnötig ist, die Geselligkeit unter Hundefreunden zu erfahren sowie "grenzüberschreitende" Kontakte zu einer anderen Hunderasse, zu einem anderen Verband zu fördern und Erfahrungen auszutauschen.

Noch viel wichtiger war jedoch, meiner Meinung nach, die Förderung des Sozialverhaltens. Da die Teckel schon naturbedingt der Rasse Deutsch-Kurzhaar körperlich unterlegen sind, wollte ich testen, wie Bill sich unter einer „Meute" Teckeln verhält bzw. behauptet. Gespannt war ich natürlich auch auf die Reaktion der „Teckel-Meute" auf den "Riesen-Teckel" Bill. Schon jetzt kann ich allerdings verraten, dass es keine bösen Zwischenfälle gab und am Ende des Lehrganges noch alle Teckel vollzählig vorhanden waren.

Führigkeit, Folgsamkeit, Ablegen, Verhalten bei Geräuschen, im Straßenverkehr und gegenüber Menschen waren die Schwerpunktthemen, die im Begleithundelehrgang der DTK Gruppe Dreiländereck e.V. behandelt wurden.

Pünktlich um 10:00 Uhr begrüßte Josef Ramacher, der seinerzeit noch Obmann für Gebrauchs- und Prüfungswesen des Vereins war, die zahlreichen Teilnehmer des Lehrgangs. Im weiteren Verlauf seiner Rede ging er auch auf grundsätzliche Fragen und Verhaltensregeln bei der Hundeführung ein.

Die abschließende Prüfung war für den 06. Juli 2003 angesetzt. So hieß es, die Ärmel hochkrempeln und ran an die Arbeit. Das Training fand jeweils Sonntags, von 10:00 Uhr bis 13:00 Uhr statt. Alle Teilnehmer waren sehr gespannt, was da auf sie und ihren Hund zu käme. Der überwiegende Teil der Hunde waren selbstverständlich Teckel, ob Kurzhaar, Rauhaar, ob Zwergteckel oder, oder. Einige wurden jagdlich geführt, andere wurden rein im Privatbereich gehalten. Weiterhin hatte sich ein Bekannter von mir, Andreas Grossek, mit seiner Hündin Lena, einem Bayerischen Gebirgsschweißhund (BGS) eingefunden, so dass sich ein recht aufgelockertes Bild darbot.

Der Lehrparcours war aufgebaut. Es konnte losgehen. Ich machte mir keine Sorgen darüber, dass Bill irgendwelche Probleme hiermit haben würde, denn er war ja mittlerweile über zwei Jahre alt und die Grunderziehung hatte er erfolgreich absolviert. So konnte ich den Lehrgang voll und ganz genießen und konzentrierte mich in erster Linie auf die Beobachtung des Sozialverhaltens von Bill.

Die Fähigkeiten der teilnehmenden Hunde war sehr unterschiedlich, da nicht nur eine Altersklasse vertreten. So waren ganz junge dabei, die noch den Grundgehorsam lernen mussten. Somit war für Abwechslung und Spaß gesorgt. Ich kann mich noch sehr gut an eine nette Begebenheit erinnern über die wir, die Beteiligten, im nach hinein noch sehr viel gelacht haben: Ablegen stand auf dem Lehrprogramm. So gingen jeder von uns auf den zugewiesen Platz, leinten den Hund ab und legten ihn ab. Eigentlich ja ganz einfach und doch so schwer! Nachdem wir den Hund abgelegt hatten sollten wir uns langsam von ihm, zunächst einmal auf 20 Schritte, entfernen. Der Abstand sollte dann im weiteren Verlauf des Trainings immer mehr vergrößert werden.

Meine Nachbarin hatte einen süßen, sechs Monate alten Langhaarteckel, der allerdings alles schöner fand, als hier diese Übungen zu durchlaufen. Spielen wollte er, denn das macht auch wesentlich mehr Spaß. Die Dame legte also ihren Teckel ab, drehte sich um und wollte gerade weggehen, da schoss ihr der „Kleine" schon durch die Beine. Also das Ganze wieder zurück! Ablegen, umdrehen und ... Und wieder hatte sich der „Kleine" aus dem Staub gemacht, diesmal in Richtung Zuschauerterrasse. Schnell war er wieder eingefangen und zurück auf seinen Platz gebracht. Die anderen Teilnehmer warteten schon voller Ungeduld auf den Start, der nunmehr erfolgen sollte. In diesem Sinne: Kommando Ablegen, umdrehen und... Jawohl, weg war der Teckel – in Richtung Waldrand. Sein „Frauchen" lief rot an, denn so langsam fing es an, ihr peinlich zu werden. Da rutsche mir eine Bemerkung heraus, die eigentlich als „Spaß" gedacht war, doch von ihr nicht so aufgefasst wurde. Als die Dame verlegen zu mir rüberschaute, wies ich auf Bill und sagte schmunzelnd: „Wenn Sie wollen, kann ich Ihnen den „Kleinen" bringen lassen!"

Wutschnaubend machte sie sich davon und versuchte ihren Langhaarteckel einzufangen. Der Lehrgangsleiter hatte derweil den Start ausgerufen, und diese Übung fand somit ohne „meine" Teckeldame statt. Im weiteren Verlauf des Trainings gab es keine „Überraschungen" mehr. Am Ende des Unterrichts fanden wir dann noch einmal zusammen und haben herzhaft über den Vorfall gelacht. Ende gut – alles Gut!

Die einzelnen Übungen meisterte Bill sehr gut. Zum einen war da die Führigkeit mit und ohne Leine frei bei Fuß. Hierbei ging man durch einen Zick-Zack Kurs und später auch durch eine Menschenansammlung. Der Hund sollte stets an der Seite bleiben und sich nicht von seinem Führer entfernen. Dann gab es die Folgsamkeit mit oder ohne Halt. Der Hund musste „Sitz" machen, der Führer entfernte sich ungefähr 50 Meter weit und rief dann seinen Hund. Dieser musste hierauf ohne Verzögerung oder Umwege zu seinem „Herrchen" bzw. „Frauchen" kommen. Dieselbe Übung konnte außerdem noch mit dem Kommando „Halt" versehen werden. Dann kam das Ablegen, angeleint oder frei, wie bereits beschrieben.

Die drei weiteren Trainingseinheiten befassten sich mit dem Verhalten des Hundes bei Geräuschen, gegenüber Menschen sowie im Straßenverkehr. Dies sah folgendermaßen aus: Eine Gruppe der Teilnehmer des Begleithundelehrgangs formten einen großen Kreis. In der Mitte stand ein Führer mit seinem Hund. Nun kamen die Anderen mit ihren Hunden langsam und still auf die Mitte zu. Der Hund durfte hierbei keine Angst bzw. kein Aggressionsverhalten zeigen. Gleiches Prozedere wurde dann mit lauten Klatschgeräuschen wiederholt. Eine andere Übung war das Schlagen auf einen Metallgegenstand, während das Hund-Menschgespann vorbeiging. Ähnlich war es auch beim dem Aufklappen eines Regenschirmes. Im Straßenverkehr kam ein „Radfahrer" klingelnd vorbei und ein „Passant" trat heran, nach dem Weg fragend.

Während des ganzen Lehrgangs verhielt sich Bill tadellos, er zeigte keinerlei Aggressionen gegenüber seinen „kleinen" Artgenossen, auch mit der BGS-Hündin verstand er sich prächtig. Kurzum – Ich war sehr stolz auf ihn!

Der Prüfungstag näherte sich, die Aufregung der Teilnehmer stieg. „Wird alles so funktionieren wie geübt?", war in diesen Tagen wohl die meistgestellte Frage. „Hoffentlich bestehen wir die Prüfung BHP 1?" geisterte es durch die Köpfe. Schnell formte sich aus den Gedanken der Wunsch nach einer „Generalprobe", die dann auch zwei Wochen vor dem eigentlichen Prüfungstermin, unter gleichen Bedingungen stattfand.

Alle waren vorbereitet und hatten auch zu Hause noch mit ihrem Vierbeiner geübt. Nun, durchfallen konnte man zwar auf der „Generalprobe" nicht, doch war die Anspannung in den Gesichtern der „Probanten" deutlich zu erkennen. Einige mussten sich auch wirklich Sorgen machen, denn nicht alle Teilnehmer erfüllten die Anforderungen, die an das Gespann gestellt worden waren. Also hieß es, die restlichen vierzehn Tage intensiv zu üben.

Endlich war er da, der lang ersehnte aber auch gefürchtete Prüfungstag. Alle Mensch-Hundgespanne waren bestens vorbereitet. Der Richter, Jörg Melchior, begrüßte die Anwesenden und erläuterte den Prüfungsablauf. Jetzt wurde es ernst!

Die ersten Hundeführer betraten mit ihren Zöglingen den Parcours. Aber nicht nur der Wettergott meinte es gut mit uns sondern auch Herr Melchior, der eine hervorragende Richterleistung mit Herz und Verstand ablegte und im Zweifel immer für den Hund entschied. Alles lief bestens und so endete der Prüfungstag, nur für zwei Prüfungskandidaten mit einem vorzeitigen Aus. Bill zeigte sich in ausgezeichneter Verfassung und erzielte einen hervorragenden 1. Preis.

Abschließend kann ich sagen, dass es sich gelohnt hat, einen solchen Lehrgang zu besuchen. Wir hatten eine schöne Zeit, haben viele nette Hundbesitzer getroffen, interessante Gespräche geführt und gelernt haben wir auch noch was! Was will man mehr?

Begleithundelehrgang
DTK - Dreiländereck

URKUNDE

Deutsch Kurzhaar   Rasse   Bill von der Ottensteiner Burg

...468/01   Formwert   sg II   Bes.   Dieter Gillessen

...6.07.2003   bei der Gruppe   Aachen

...achen   die Begleithundeprüfung bestanden.

Für die nachstehende Beurteilung wird ihm das Leistungszeichen

BHP 1 · BHP 2 · BHP 3 · BHP-G

verliehen.

BHP 1	Leistungsziffer	Fachwertziffer	Punktzahl
1.1 ... angeleint... bei	3	2	
1.2 ... ohne Halt ... Halt	4	2 10	
1.3 ... leinenlos	4 4		
1.4 Voran			
1.5 Sitzen			
1.6 Ablegen			

...samt
...Preis
...zeichen   BHP 1

113

Die HD-Untersuchung

Februar 2004. Bill ist nun fast drei Jahre alt. Er hatte sich zu einem prächtigen Rüden entwickelt. Die letzte Hürde zur Zuchttauglichkeit fehlte jedoch noch. Die HD-Untersuchung. Deutsch-Kurzhaar zählt mit zu den gesündesten und widerstandsfähigsten Jagdhunderassen. Eine mögliche Erkrankung ist die Hüftgelenksdysplasie, eine Krankheit, die mit Sicherheit vererblich ist, gegen die aber im Deutsch-Kurzhaar-Verband schärfstens vorgegangen wird. Alle Zuchttiere der Rasse Deutsch-Kurzhaar müssen, bevor sie zur Zucht eingesetzt werden, also um als zuchttauglich anerkannt zu werden, sich einer Untersuchung und Begutachtung ihrer Hüftgelenke unterziehen. Hunde der Rasse Deutsch-Kurzhaar, die nicht HD-Frei sind, dürfen nicht zur Zucht verwandt werden. Diese Untersuchung stand nun unmittelbar bevor. Im Vorfeld hatte ich versucht, einige Erkundigungen einzuholen, die meine Fragen beantworten sollten: Was wird benötigt? Zu welchem Tierarzt kann ich beruhigt gehen? Was sind die Risiken für Bill?

Sicher ist sicher, dachte ich bei mir und so beschloss ich, mich direkt an Dr. Lemmer, dem offiziellen HD-Gutachter des Deutsch-Kurzhaar-Verbandes zu wenden. Ich rief an und erhielt ohne Probleme alle Informationen, die ich benötigte. Bezüglich des Tierarztes wurde mir geraten, mich an den Zuchtwart des zuständigen Landesverbandes zu wenden. Dort könne man mir sicher Adressen von kompetenten Tierärzten nennen. Gesagt – getan. Ein kurzes Telefonat und schon hatte ich die Anschrift eines Veterinärs, der diese Untersuchung schon vielfach durchgeführt hatte und somit wissen musste, worauf zu achten ist. Das HD-Formular, welches vom Tierarzt auszufüllen ist, hatte ich mir bereits im Vorfeld vom VDH schicken lassen.

Schnell war dann auch der Untersuchungstermin gemacht. Montag, den 02. Februar 2004 – 08:30 Uhr. So packte ich mir Bill, ab in den Wagen und los ging es. Ich hatte schon ein flaues Gefühl in der Magengegend, war es doch eine Röntgenuntersuchung mit vorheriger Narkose – und bekanntermaßen ist jede Narkose eine besondere Belastung für den Organismus. Dies gilt nicht nur für uns Menschen sondern natürlich auch für die Tiere.

Pünktlich kamen Bill und ich an der Praxis an. Der „Süße" ahnte noch nicht, was ihm bevorstand. Irgendwie kam ich mir schlecht vor, fast wie ein Verräter an meinem treuen Freund. Es gab aber kein zurück mehr, so betraten wir als Team das Behandlungszimmer inklusive seiner Schlafdecke, die ich mitbringen sollte. Der Arzt fragte mich, ob ich bei der Narkose dabei bleiben wolle. Für mich eine absolute Selbstverständlichkeit. Wir sind ein Team, in guten und bösen Zeiten. Außerdem merkte ich, dass Bill anfing nervös zu werden. Er ahnte wohl, dass hier irgendetwas Unangenehmes auf ihn warten würde.

Bill saß mittlerweile auf dem Behandlungstisch und der Arzt legte einen Venenzugang. Nun man kennt das ja aus eigenen Erfahrungen, aber so wie Bill da saß, mit der Kanüle in seiner Pfote tat er mir unendlich leid. Ich versuchte ihn besonders intensiv zu streicheln und ihn zu beruhigen. Mittlerweile waren alle Vorbereitungen abgeschlossen. Es nahm seinen Lauf. Der Arzt spritze das

Narkosemittel und wenige Sekunden später fing Bill an zu wackeln. Ich hielt ihn mit meinen Armen fest und gab ihm Halt. Ich konnte spüren wie seine Beine einknickten und er in den Schlummerzustand überging. Hunde halten Ihre Augen in der Narkose weit geöffnet. Er bekam sofort eine Salbe aufgelegt, die das Austrocknen des Augeninneren verhindern sollte. Seine Zunge wurde seitlich aus dem Mund gelegt. Dann nahmen der Arzt und sein Helfer Bill und gingen mit ihm ins Nebenzimmer um die Röntgenaufnahme zu fertigen. Ich hatte derweil im Wartezimmer Platz genommen.

Ich denke, in einer solchen Situation ist man besonders sensibilisiert. So fiel auch sofort mein Auge auf einen Prospekt einer Firma, die Bestattungen für Tiere anbietet. Ich versuchte den Gedanken, dass ich potentieller Kunde werden könnte sofort zu verdrängen, was mir auch gelang. Die Zeit des Wartens kam mir dennoch wie eine Ewigkeit vor. Die Tür ging auf, der Arzt trat ein und teilte mir mit, dass die Untersuchung abgeschlossen sei und es Bill gut gehen würde. Mir fiel ein Riesenstein vom Herzen.

Sofort ging ich zu ihm. Er war noch betäubt und lag ganz entspannt auf seiner Decke. Ich fragte den Arzt nach dem Resultat der HD-Untersuchung. Er meinte, dass er zwar nicht der Bewertung des DK-Gutachters vorgreifen wolle, aber seiner Ansicht nach, wären die Aufnahmen gut gelungen und der Befund wäre: HD-Frei. Ich war froh, dies zu hören, da somit die letzte Hürde zur Zuchttauglichkeit geschafft wäre. Doch die offizielle Bestätigung musste ja noch erfolgen. Der Arzt übergab mir die Röntgenaufnahme, das HD-Formular, die Ahnentafel von Bill, die mit einem Praxisstempel sowie dem Datum des HD-Untersuchungstages versehen worden war und die Rechnung in Höhe von 80,00 EUR.

Bill war noch nicht bei Bewusstsein. Der Arzt meinte jedoch, dass dies noch etwas dauern würde. Man half mir, Bill, eingehüllt in seine Decke, in den Wagen zu legen. Einerseits war ich etwas verwundert, dass ich Bill in diesem Zustand mitnehmen sollte, doch ich vertraute auf die Aussage des Praxispersonals, dass ich ihn ohne Sorgen mitnehmen könne. So machte ich mich mit Bill in Richtung Heimat.

Ungefähr 20 Minuten später hatten wir unser Ziel erreicht. Bill schlief noch immer. Ich trug ihn vorsichtig ins Haus und legte ihn im Schlafzimmer auf das weiche Bett. Vorsorglich hatte ich alle Termine für den heutigen Tag verschoben, da ich mich gänzlich dem Hund widmen wollte. Ich nahm mir noch etwas zu trinken, ein Buch und setzte bzw. legte mich neben Bill. Ich wollte direkt neben ihm sein, wenn er aufwachen würde. Bedingt durch die Narkose neigen die Hunde dazu, nach dem Erwachen durch die Gegend zu torkeln, da das Gleichgewichtsgefühl noch nicht hundertprozentig funktioniert. Leicht können dann Verletzungen die Folge sein. So passte ich also auf meinen „Schatz" auf.

Mittlerweile waren fast zwei Stunden vergangen und Bill war immer noch nicht erwacht. Ab und zu hörte man zwar etwas seltsame Geräusche, ähnlich einem Schnauben oder Schnarchen, doch mehr nicht. Ich machte mir Sorgen, die von Minute zu Minute größer wurden. Zudem bemerkte ich, dass die Körpertemperatur von Bill zu sinken schien. Ich hatte keine Ruhe mehr, griff zum Telefon und rief die Tierarztpraxis an. Ich schilderte den Fall. Ich bekam die Auskunft, dass ich mit dem Hund kommen sollte, wenn es sich nach zwei Stunden nicht gebessert hätte.

Nein! Ich wollte nicht abwarten. Zu genau hatte ich die Ereignisse mit meinem Kater vor Augen, der vor einigen Jahren in meinen Armen starb. Er wurde auch immer kälter und kälter und kälter, der Glanz in seinen Augen verschwand zunehmend und dann war es aus. Ich hatte Angst, Beklemmungen befielen mich. Was konnte ich tun?

Wer weiß, vielleicht sind es gerade diese Momente, in denen man auf die seltsamsten Einfälle kommt. So erinnerte ich mich just jetzt an einen Dokumentarfilm über die Arktis und das Leben der dort wohnenden Eskimos. Die Eiseskälte stellt dort eine jederzeit tödliche Bedrohung dar. Eine fehlende oder unzureichende Unterkunft kann in der Wildnis zum Verhängnis werden. In diesem Film wurde geschildert, wie zwei Jägern in ein Unwetter gekommen waren und sie sich in eine Notunterkunft retten konnten. Bei einem der Männer bahnten sich schon Erfrierungen an. Wie konnten sich beide Männer retten? – Nun, sie zogen ihre Oberkleider aus und wärmten sich gegenseitig mit ihrer naturbedingten Eigenwärme, mit Ihrer Körpertemperatur. Sie deckten sich mit den ausgezogen Kleidungsstücken zu und verharrten in dieser Position bis sich das Wetter wieder aufklarte.

Nun, dieses Prinzip konnte ich ja adaptieren. Ich zog also mein Hemd aus, packte mir Bill und zog in langsam immer näher, bis er ganz dicht an meinem Körper lag. Dann nahm ich die umliegenden Decken und Kissen und deckte uns beide zu. Vielleicht denken Sie, als Leser, jetzt, der spinnt, aber warten sie ab!

So lagen wir beide nun, Körper an Körper unter einem Berg von Decken. Als ich Bill an meine Brust gedrückt hatte, brummte er wohlig, aber immer noch im Schlummerzustand und richtig kalt. Nach ungefähr zehn Minuten war eine erste Reaktion zu spüren. Bill bewegte sich kurz und zuckte mit seinen Pfoten. Ich schob die Decken zur Seite um festzustellen ob sich seine Körpertemperatur verändert hatte – und tatsächlich, es hatte sich etwas getan. Deutlich war zu spüren, dass er wieder wärmer wurde. Ich war überglücklich. Schnell deckte ich uns wieder zu. Eine halbe Stunde später sah die Welt wieder ganz anders aus. Bill bewegte sich immer mehr und schließlich versuchte er aufzustehen, doch das klappte noch nicht so ganz. Er lag immer noch direkt neben mir, schaute mich dabei an, suchte den Augenkontakt zu mir und leckte meine Hand ab. Was das wohl bedeuten sollte?

Einige Monate später hatte ich eine geschäftliche Verabredung mit Herrn Prof. Dr. Olbrich, einem weltweit anerkannten Experten auf dem Gebiet der Mensch-Tierbeziehung. Ich schilderte ihm mein Erlebnis, mit der Bitte nicht in schallendes Gelächter auszubrechen. Aber nein, das Gegenteil war der Fall. Er meinte, dass es hierzu gar keine Veranlassung geben würde. Er war vielmehr der Überzeugung, dass dies eine ungemeine Festigung der Beziehung von Bill meiner Person gegenüber bedeuten würde. Man sollte die Gefühlswelt von Hunden nicht unterbewerten. So enorm wichtig wie die Prägungsphase des Hundes, wären auch andere Eindrücke, die das Verhältnis zur Bezugsperson entweder schädigen oder stärken könnten. Und Letzteres würde sicher auf den Fall zutreffen, den ich geschildert hätte.

Aber zurück zu den Geschehnissen des Tages. Stunden später, nachdem Bill versucht hatte, dass erste Mal aufzustehen, war er wieder ganz der Alte. Offensichtlich hatte er die Narkose und die Untersuchung gut überstanden. Ich fühlte mich sehr erleichtert. Am Abend bekam Bill ein ganz besonderes Leckerchen, in Form eines Kauknochens, den er ja so sehr liebt.

Die Unterlagen, die ich von der Tierarztpraxis erhalten hatte, sendete ich an den DK-Verbandsgutachter Dr. Lemmer inkl. der dort anfallenden Gebühren in Höhe von 25,00 EUR. Zwei Wochen später erhielt ich das offizielle Gutachten. Der Befund lautete: HD-Frei!

Bill hat eine weitere Hürde überwunden. Herzlichen Glückwunsch!

Schöne Aussichten

Bill ist nun inzwischen dreieinhalb Jahre alt und hat mir in all der Zeit ausgesprochen viel Freude bereitet, ob im jagdlichen oder im privaten Bereich, als geschätztes Mitglied der Familie. Er gehört ganz einfach dazu!

Zeit, eine Resümee zu ziehen und ein wenig in die Zukunft zu schauen:

Alle jagdlichen Prüfungen, die er bisher absolviert hat, bestand Bill mit Bravour und Bestnoten. Zudem konnte er viele Schönheitspreise gewinnen. Er ist kerngesund und absolut wesensfest!

Anfang September 2004 wird Bill auf der Zuchtrüdenschau in Dinklage vorgestellt und Ende September 2004 erscheint der „Deutsch-Kurzhaar-Kalender 2005" von Herrn Bömeke, in dem Bill als Kalenderblatt abgebildet sein wird.

Eine Verbandsschweiß-Prüfung steht ebenfalls noch auf dem Programmplan. Dann hätte Bill, nach erfolgreicher Absolvierung, die letzte Zulassungshürde zur Kleemann-Auslese-Prüfung geschafft.

Der Titel „Deutscher-Champion (VDH)" ist in greifbarer Nähe, so dass auch auf diesem Betätigungsfeld einiges geschieht.

Sie sehen: Auch in Zukunft wird bei uns keine Langeweile entstehen.

Ich hoffe, dass Sie viel Vergnügen beim Lesen dieses Buches hatten und wünsche Ihnen ebenfalls „Schöne Aussichten".

Alles Gute!

Die Rasse Deutsch-Kurzhaar

Der Deutsch-Kurzhaar (DK) ist die älteste Rasse unter den kontinentalen Vorstehhunden, die das "Deutsch" als Namensbestandteil in ihrer Rassebezeichnung führen. Bereits um die Jahrhundertwende vom 19. zum 20. Jahrhundert wurde das Zuchtbuch DK insoweit geschlossen, als zumindest offiziell keine Einkreuzungen anderer Rassen mehr stattfanden.

Von seinen frühesten Anfängen her wurde der DK als vielseitiger Jagdgebrauchshund gezüchtet und ausgebildet. Dies wird nicht zuletzt dadurch belegt, dass ein Deutsch-Kurzhaar als erster Hund in das Jagdgebrauchshundestammbuch eingetragen wurde - aufgrund einer bestandenen VGP.

An dem Zuchtziel der Väter der Rasse hat sich bis heute nichts geändert. Der DK ist ein vielseitiger Jagdgebrauchshund, der sich nach dem Schuss vor keiner anderen Vorstehhundrasse verstecken muss und der vor dem Schuss den Jäger, der den Blick für diese besonderen Eigenschaften nicht verloren hat, durch seine Eleganz, seinen Suchenstil, sein Vorstehen und seine feinen Manieren begeistern kann. Nicht unerwähnt soll hierbei die Ausdauer bleiben, die ihn auszeichnet, wenn höhere Temperaturen und schwieriges Gelände besondere Anforderungen stellen.

Getreu des Grundsatzes "durch Leistung zum Typ" achten die DK-Züchter auf einen hohen Formwert, wohl wissend, dass die Summe der Eigenschaften, die im Standard DK auch international festgelegt sind, nicht allein unter ästhetischen Gesichtspunkten zu sehen sind, sondern vor allem unter dem Gesichtspunkt, dass diese, je besser sie ausgeprägt sind, die Deutsch-Kurzhaar-Hunde zu besonderen jagdlichen Leistungen befähigen.

Die alljährlich erscheinenden Prüfungsübersichten des Stammbuchführers des JGHV lassen erkennen, dass DK bei der VGP, der VSwP und vor allem beim VBR zur Spitzengruppe zählt, wenn man bei den dort veröffentlichten Ergebnissen die Relation zur Welpenzahl berücksichtigt. Weltweit gehört DK sicher zu den verbreitetsten deutschen Jagdgebrauchshunden.

Die prüfungsmäßige Erfolgsbilanz korrespondiert mit den Erfolgen beim jagdlichen Einsatz. Wenn auch die Suchjagd, insbesondere auf Federwild, heute für viele zu einem besonderen "Schmankerl" geworden ist, das man sich nur selten gönnt, dann aber umso mehr mit einem DK genießen kann, so bleiben die vielen anderen Einsatzmöglichkeiten. Zu den Selbstverständlichkeiten der Arbeiten nach dem Schuss wie freudigem Apportieren, Nachsuchen, Verfolgen kranken Wildes auch im schwierigen Gelände, Schweißarbeit und Arbeit im Wasser kommen auch die Stöbereinsätze im Wasser und im Wald.

Das kurze Haar, das der Rasse den Namen gab, hat wesentlich mehr Vorteile als Nachteile. Es ist nicht nur pflegeleichter und trocknet schneller, sondern die Gefahr von Schnee- und Eisklumpen an den Läufen und an der Bauchwolle ist nicht gegeben.